他者の在処(ありか)

住野よるの小説世界

土田知則

小鳥遊書房

目次

はじめに

『君の膵臓をたべたい』という衝撃的なタイトルの映画作品がテレビ放映された際、それを偶然観てしまったことが、すべての始まりであった。あっさりと遣り過ごせない、不思議な感動を覚えたことを、今でも鮮明に記憶している。気がつくと、原典の小説を探しに書店に足を向けていた。この小説のいったい何が私の心をとらえたのか、最初は判然としなかった。だがそれは、テクストを読み進めるうちに、次第にはっきりしてきた。そこには、私がそれまで自分の問題意識の一つとして持続的に考えを巡らせてきた、「関係（性）」、「他者（性）」、「コミュニケーション／ディスコミュニケーション」といったテーマが凝集されていた（と感じた）のだ。作者のこの第一作を読み終えた後、私は躊躇(ためら)わず、二作目の『また、同じ夢を見ていた』を読み、結局、六作目の『麦本三歩の好きなもの』までを一気に読み進めることになった。

自分の半ば勝手な予想は当たっていた。それまで欧米圏の文学・思想を中心に思考してきた私は、これほど身近で、しかもまだ若い小説家に、自分の考えてきたことと相同的な問題が凝縮的に共有されている不思議さに驚かされた。だが、個々の文学テクストをどう読み、どう解釈するかは、各自の自由に委ねられている。したがって、私の設定したテーマに沿って本書で展開される読み方は、あくまで私個人のものであり、それ以上でも、それ以下でもない。本書を手に取られる読者諸氏には、それぞれの読み方・解釈を強く期待したいと思う。

本書がどのような方法や方針に基づいて書かれたかについて、少し述べておきたい。基本となるのはテクストの「精読（close reading）」である。「構造主義」から「ポスト構造主義」と総称される批評実践に至るまで、文学研究の方法をリードしてきたのは、テクストへの密着と精緻な読解であった。こうした傾向は、アメリカやイギリスで一世を風靡した「新批評（New Criticism）」や、それと相同的なフランス語圏版新批評――「ヌーヴェル・クリティック（Nouvelle Critique）」――の影響から立ち現われたものと考えられる。いわゆる「テクスト派」と言われる文学研究の流れである。文学テクストを考察する際に大切なのは、テクストにすべてを傾注し、ひたすら精緻な読解・分析を行なうこと。「テクスト派」の基本的な方針はそこにある。そこでは、文化的・歴史的・政治的等、外在的な知識や情報は必ずしも必要とされない。「新批評」による教育実践においては、作者名さえ情報から排除されたほどである。彼らにとってはテクストがすべてであり、その周りに纏いつく情報は、むしろ障害とさえ思われたのだ。

しかし、こうした方法は昨今、明らかに劣勢にあると思われる。現在の文学研究は、テクストの外在的な知識や情報を収集し、それを用いて、テクストの内在的な価値や意味を判断し、ある場合はそれらを規制するという傾向を強めていると感じられるからだ。文学研究にとって、コンテクストの確認は無論重要な作業である。だが、コンテクストはあくまでコンテクストであって、テクストではない。ある文学テクストの分析が、その時代の文化・歴史・政治的なコンテクスト談議に横滑りし、作者の交友関係や体験話等が延々と繰り広げられる時、そのテクストは、はたして読まれているだろうか。テクストは、本来の重要性を奪われ、文化・歴史・政治を説明するための、単なる材料と化していないだろうか。文学テクストという豊饒な虚構世界に躍動するものが、それによって希釈され、解釈という枢要な営為が蔑ろ(ないがし)にされている可能性はないだろうか。

本書を執筆する際、私の脳裏を過ったのも、現今のそうした風向きであった。今自分が書こうとしていること、そしてその方法論は、既に過去の遺物と成り果ててしまったのか。私の読み方は時代の流れに逆らっているのか。だが、私は今回もまた「テクスト派」流の方法論に寄り添うことにした。住野よるという小説家が生み出した六編のテクストに密着し、一人の読者である私と、それらのテクストの間に生じる内密な「対話」のようなものを可能な限り現出させたいと望んだからだ。「対話」をイメージしたせいもあり、本文中にはテクストからの引用が数多くちりばめられている。それもすべて、テクストに内在するものだけを取り上げ、分析するという方針を最後まで維持しようとしたためである。

作業は先ず、テクストを繰り返し読むことから開始された。その際、気になった箇所があれば、テクストに傍線を書き入れたり、簡単な記号やコメントを付したりした。だが、それだけでは不足なので、どの部分を引用するかを具体的に吟味しながら、詳細なメモノートを作成していった。本書のイメージは、そうした作業のなかで徐々に固まっていったと言えるかもしれない。この本には、多くの引用を取り込もう、そして、外在的な知識や情報ではないテクストの「声」、「身体」を、できるだけそのままの形で躍動させよう。そう思ったのだ。テクストからの多数の引用、そして、それに対する一読者としての私からの応答。そうした執筆方針がどこまで功を奏しているかは定かでない。結果として確かなのは、本書がロラン・バルトの言う「テクストの快楽」に身を委ねながら、一行一行書き継がれた「読書ノート」のような形になったということだ。それは、私と六編のテクストの間で交わされた内密な「対話」、「読むことの体験」そのものであったと言ってよいかもしれない。

「精読」を本書の基本方針に据えたと述べたが、それはどこまで完遂されたのか。実は、それについても決定的な応えを与えることはできない。文学テクストには、論理的な基準や読み方を出し抜く記述、一義的な意味に回収できない文章等が多数存在する。文学テクストは、予想以上に手強いのだ。住野よるのテクストとて例外ではない。「精読」には配慮したつもりだが、六編のテクストの手強さには終始驚かされ続けた。読み違えていたことに気づき、途中で修正を迫られたこと。結局最後まで理解が及ばなかったこと。それは、一度や二度に止まらない。したがって、本書にも誤読や解釈不足の可能性は否定できない。それについては、読者諸氏からの率直な御教示を仰ぎたいと思う。

本書は取り扱った六編の筋書きを、ほぼ明かすような体裁で執筆されている。できるなら、先ず原作の小説をお読みになられた後、本書に目を通されることをお勧めしておきたい。

＊　＊　＊

執筆に当たっては、以下のテクストを使用し、引用は（　）内に該当頁数を示した。

『君の膵臓をたべたい』、双葉社、２０１５年。
『また、同じ夢を見ていた』、双葉社、２０１６年。
『よるのばけもの』、双葉社、２０１６年。
『か「」く「」し「」ご「」と「』、新潮社、２０１７年。
『青くて痛くて脆い』、角川書店、２０１８年。
『麦本三歩の好きなもの』、幻冬舎、２０１９年。

第１章

『君の膵臓（すいぞう）をたべたい』

僕とは正反対の彼女

どこにでもいるような二人の高校生、山内桜良と志賀春樹。二人の関係は彼女の家族以外誰一人知ることのない彼らだけの秘密によって偶然緊密に結ばれ、そして……最初から苛酷に断ち切られている。春樹は盲腸手術後の抜糸のため、たまたま訪れた病院のロビーで、ソファの上に置き去りにされた一冊の文庫本を発見する。だが、それは普通の文庫本ではなく、『共病文庫』と題された桜良の手記だった。何かと思い一枚ページをめくると、そこには次のように記されていた。

『20××年　11月　23日

本日から、共病文庫と名付けたこれに日々の想いや行動を書いていこうと思う。家族以外の誰にも言わないけれど、私は、あと数年で死んじゃう。それを受け止めて、病気と一緒に生きる為に書く。まず私が罹(かか)った膵臓(すいぞう)の病気っていうのはちょっと前まで判明した時にはほとんどの人がすぐ死んじゃう病気の王様だった。今は症状もほとんど出なくてできて……』（18頁）

これから発展していくと期待された二人に待ち受けているのは、希望と可能性に満ち溢れた明るい未来などではなく、残り少ない余命を宣告されてしまった女子高生と、彼女と運命的に出会うことになってしまった男子高生との、いわば救いのない関係である。

だが、この物語はそうした悲劇に還元できない大切なものを、人と人との関わり方を見つめ、それを細やかかつ強靭な姿勢で辿り直す（生き直す）ことで、読者に提示しようとしている。そこにあるのは、紛れもなく、人が人とどう付き合うかという問題、つまり、「他者」という問題に他ならない。

物語の始まり

物語は非情にも桜良の死から始まる。だが、その一種冷徹な叙述には、いかなる感傷にも染め上げられていない春樹の心情が映し出されている。「クラスメイトであった山内桜良の葬儀は、生前の彼女にはまるで似つかわしくない曇天の日にとり行われた」（３頁）という淡々とした語り出しのあと、読者はおよそ予想とは異なる春樹の気持ちと対面することになる。


［……］昨日の夜の通夜にも僕は行かなかった。僕はずっと家にいた。

［……］彼女が休日中に死んでくれたおかげで、天気の悪い日に外に出なくてもすんだ。

共働きの両親を見送って適当な昼食をとってから、僕はずっと自室にこもった。それがクラスメイトを失った寂しさや空しさからきた行動かと言えば、違う。（３頁）

これから展開される物語がどんなものか、まだ予測もできない読者からすれば、こうした春樹の感慨は、それほど不可解ではないかもしれない。一人のクラスメイトの女の子がたまたま死亡した。亡くなったのは、彼にとって別段どうでもいいタイプの子だったのかもしれない。あるいは、嫌いな部類の子だった可能性さえある。だが、「彼女が［……］死んでくれたおかげで、天気の悪い日に外に出なくてもすんだ」（強調は引用者）とは、何と過激で薄情な言い草ではないか。しかしながら、こうした春樹の思いは、間違いなく、既に物語が終わり、その展開を踏まえた上で吐露されているのだ。これは、後の議論とも関わる重要な論点なので、ここで特に注意しておきたいが、一見非情とも思われるこの言葉には、春樹が桜良に寄せる真実の思いと、彼女との間に維持され続ける「距離感」のようなものが、最初から痛いほど鮮烈に刻み込まれている。この後の成り行きを知るにつれ、読者は春樹が桜良の葬儀の日にとったこうした行動の真の意味について、そして掛け替えのない「他者」との出会いの真髄について、深く思い知らされることになるであろう。

『共病文庫』によって告げられることになる差し迫った桜良の死には、最初から一縷の望みも残されてはいない。ひょっとしたら画期的な治療薬が開発され、彼女が健康を取り戻す可能性もあるのでは、といった楽観的な観測は冒頭から完全に断ち切られている。物語は為すすべもなく、桜良の死によって開始されるからだ。読者が接する物語においては、『共病文庫』の情報はある意味何の価値も持たないかに見える。彼女は最初から死んでいるからである。それも、病とはまったく異なる死因によって。

常に違い続ける桜良と春樹

二人の若者が出会い、そこに語るに足る物語が生まれるためには何が必要だろうか。二人が心の底から憎しみ合ったり、互いに傷つけ合ったりすることなく、物語が紡がれるためには何が必要だろうか。そのような場合、多くの読者が想定するのは、二人の間に芽生える「共感」のようなもの、つまり、二人が概ね同じ方向を見つめていることではないだろうか。それは二人の関係から形成される共同体的な意識のようなものと言ってよいかもしれない。例えば、恋愛小説（ロマンス）において結ばれる二人は、一心同体のごとく寄り添い、互いに融合し合っている。「類は友を呼ぶ」とか「似た者同士」という言い方があるように、人は趣味・思想など、自分と似たところのある人に惹かれ、その人に好感を抱く、というのがいわゆる一般的な思考形式なのだ。

　桜良と春樹の間にあるのはそれとはまったく違う関係の在り方である。人は自分とは異なる故に、その人が気になり、その人に惹かれ、その人と関係を持ちたくなる。『君の膵臓をたべたい』で一貫して描き出されるのは、そうした、一般的な思考形式とは対蹠的な人との関係、「他者」との付き合い方である。

　二人がまったく共通性のない異質な存在であることは、作品全体を通じ、執拗に強調されている。図書室内にいるときの春樹は、「彼女とは少し離れた位置に椅子を移動させ、座る」（９頁）。「男子としては低い僕の身長と、女子としては高い彼女の身長」（12頁）。二人の住む家は「学校を挟んで反対側にあるので」（14頁）、「僕が見ているいつもの帰り道と彼女が見るいつもの帰り道では、その一歩一歩の見え方がまるで違うのだろうなと思う」（16頁）。

　趣味・趣向の面でも、彼らの間に共通するものは何もない。不治の病を抱えているにもかかわらず、彼女の食べ方は豪快で、春樹を呆れさせる（「比べてみると、彼女は僕よりもたくさん食べていた。肉もご飯もホルモンも「うー苦しい」と言うまでたらふく。僕は適度にお腹が膨れて満足だというところで止めておいた」［29頁］）。一緒に焼き肉屋に行っても、食べるのは、桜良がホルモン、春樹がカルビ、ロース（42頁）。飲み物も、彼女が紅茶、彼がコーヒー（129頁）。ポテトチップスの好みももちろん違う。彼女はコンソメ味、彼はうすしお味（110頁）。違いを挙げればきりがないが、もう幾つか指摘しておこう。文学、とりわけ小説の世界にのめり込むのが何よりも好きな春樹と、文学には関心を示さず、もっぱら漫画やファッション雑誌を好む桜良（35、81頁）。詰将棋を好む彼と、トランプ専門の彼女（110頁）。テレビゲーム好きの彼女と、普段はほとんどゲームをしない彼（148頁）。雨の好きな彼女と、嫌いな彼女（144頁）。ピエロの恰好をした大道芸人の帽子に百円を入れる彼と、気前よく楽しそうに五百円を入れる彼女（130頁）、等々。

だが、最もかけ離れているのは、小さい頃の身長に幾ばくかの原因があると思われる二人の性格である。

「［……］私クラスで一番大きくて男の子と喧嘩もしてたなぁ。物壊したりもしてたし、問題児だったよ」

なるほど、体の大きさというのは本人の性質に関係があるのかもしれない。僕は昔から体が小さく、弱かった。だから内向的な人間になったのかも。（117頁）

二人はとにかく対照的である。「明朗快活で元気溌剌（はつらつ）、クラスの人気者の彼女」（46頁）に対し、「クラス随一の地味で根暗な少年」（46頁）春樹。「傍観者でありたいと願う僕」（92頁）と「当事者になろうとする彼女」（92頁）。「交友関係の広い彼女」（105頁）と「交友関係がない僕」（105頁）。「臆病からできあがっている」（191頁）僕と「勇気ある彼女」（191頁）。こうした対立的な描写は幾度となく繰り返されるが、そこから想像されるのは、健康上何の問題もないと思われる活発で男勝りの桜良と、男子高生としては内向的で頼りない春樹といった構図であろう。だが、桜良が死ぬことは作品の冒頭から、そして彼女が不治の病に苛まれ、余命幾ばくもないことは物語の開始間もなく、読者に伝えられている。二人は性格や好みによって隔てられているだけではない。生死という決定的な出来事によって最初から最後まで悲惨に断ち切られているのである。

この小説の著しく際立った特徴は、春樹と桜良の対照性・対立性——「他者性」と言い換えてもよいだろう——を執拗なまでに強調し、一つの定型的な表現で反復している点にある。その表現は最初、次のような形で現われる。

> 僕と彼女は、まるで正反対の種類の人間で、結果クラスメイトからの扱いが僕と彼女でまるで違うとしても、仕方のないことだ。（14頁）

この、自分と正反対の人間という類の表現は、作中数十回という高頻度で立ち現われ、まさに『君の膵臓をたべたい』の最も重要かつ中心的なモチーフとして機能している。作品の語り手が春樹であることから、二人が正反対の人間であるという思いは、春樹の考えとして伝えられることがほとんどだが、実は彼女も最初から同じ思いを抱いていたことが分かる。作品の結末近くで明かされる『共病文庫』の一節に、彼女はこう記している。

日記の方にも書いたけどさ、私は実はあれよりずっと前から君が気になってた。どうしてか分かる？　君がよく言ってたことだよ。

正解は、私も思ってたから。

君と私は、きっと反対側にいる人間なんだって。

私も思ってた。（248頁）

私は君を、凄い人間だと思ってるからね。

私とまるで反対の、凄い人。（251頁）

ここで提示されているのは、多少大仰に言えば、百八十度相容れない「全き他者」の関係に他ならない。つまり、この物語は、少なからぬ読者が想像すると思われるような、若き二人のロマンスのようなものではなく、まさに「違う生き物」（31頁）、「別の生き物」（175頁）、「方向性が合わない」（42頁、等）二人の間に生じる、出会いと関係のドラマだと言ってよいだろう。それは、周りの目を欺き一緒に出掛けた九州旅行の時を含め、二人の間に恋愛的な出来事がいっさい生じないという事実からも明らかである。実際、桜良の『共病文庫』には、二人の関係が恋愛などという呼称では表現できない性質のものであることが真摯に綴られている。

んー、まあそれでもいいんだけどね、爆弾発言だって思ってる？　でも本当、それでもいいんだ。恋人にさえならなければ、それでもよかった。

ちょっと悩んだけど、もういっか、君がこれ読んでる時、私死んでるんだし（笑）正直になろう。

正直に言うとさ、私は何度も、本当に何度も、君に恋をしてるって思ったことがあるの。例えば、あれ、君が初恋の人の話をしてくれた時、私、胸がキュンってなったもん。ホテルの部屋でお酒を飲んだ時もそう。初めて私からハグした時もそう。

だけどね、私は君と恋人になる気はなかったし、これからだって、なる気はない。と、思うよ、多分ね（笑）

もしかしたら恋人としても上手くやっていけたのかもしれない。だけどそれを確かめる時間は私達にはないでしょう？

それにね、私達の関係をそんなありふれた名前で呼ぶのは嫌なの。

恋とか、友情とか。そういうのではないよね、私達は。もし君が私に恋してたらどうしてたかな、それはちょっと気になります。訊く気も術もないけどね。（249―250頁）

自らの死を自覚し、それを懸命に受け容れようとした桜良が残した痛切な言葉だが、そこには掛け替えのない二人の関係（「私達の関係」）を恋愛やロマンスに纏わる「共同幻想」、ありふれた一般通念に還元することを最後まで拒否し続けた彼女の強靭な姿勢が示されている。

桜良という女子高生は決して安易で友好的なコミュニケーションには乗ってこない。彼女は「僕「春樹」の了承なんて最初から必要ないという調子」（15頁）だし、「すぐさま僕の配慮とか気づかいを粉々に砕」（19頁）くし、「僕と会話しようっていう気」（23頁）もない。「いつも僕の想いを踏みにじる」（88頁）彼女は、春樹にとっては常に「共有できない心みたい」（124頁）なのだ。そして春樹もまた、そうした彼女の態度に対抗する（「ひとまず彼女に対する最も有効な手段としての無視を決め込んだ。猛獣と目を合わせてはいけないっていう、あんな感じで」［32頁］）。そして、無視をしない時にも、彼はただ、「黙って共感できない彼女の話を聞く」（97頁）のだ。

世界観の共有、同じものに対する志向性といったロマンス的小説の図式から徹底的に逸脱する物語。小説『君の膵臓をたべたい』の真髄はおそらくそこに探られるべきであろう。だが、話はそこで終わりなのだろうか。この相反する「他者」同士の結びつきは、結局何らの接点も見出せぬまま終息を迎えるのだろうか。そうではない。二人は互いに限りなく異なる「他者」のまま、掛け替えのない二人の関係に辿り着くことになるのだ。

人と関わり合うことの意味

『君の膵臓をたべたい』は、人と人が「他者」として関わり合うことの意味を正面から見据え、それを的確かつ鮮烈に提示した作品と言えるだろう。随所に現われる「関係」という言葉、あるいは「関係」に纏わる話題が、それを雄弁に証立てている。だが、正反対の位置にいる桜良と春樹は、互いに「他者」であるゆえに、最後まで非対称な関係に置かれている。つまり、この小説で二人の関係を切り開くリード役は語り手の春樹ではなく、作品の冒頭からその死を伝えられている桜良であり続けるということだ。こうした力関係は、両者を名指す表現の違いとしても暗示されている。最初から山内桜良として登場する彼女に対し（「クラスメイトであった山内桜良の葬儀は、生前の彼女にはまるで似つかわしくない曇天の日にとり行われた」［3頁］）、春樹の名は作品の終盤に至って初めて明らかにされる（「春樹です。志賀春樹、といいます」［261頁］）。そこに至り着くまでの彼は、【秘密を知ってるクラスメイト】くん、【地味なクラスメイト】くん、【仲のいいクラスメイト】くん、【仲良しくん、【？？？？？】くんなどと呼ばれ続けるのだ。こうした非対称な関係はほとんど最後まで維持されるわけだが、そこにこそ、この小説の醍醐味がある。誰とも関わろうとしない春樹と、その対極にいる桜良、すなわち何の共有点も接点もない二人が、いかにして全き「他者」としての関係を創造＝想像していくのかというところに、この小説の深い味わいを見出すことができるからである。

　春樹は、自分が人間関係という問題について疎いことも、興味もないことも自覚している。自分が「人間関係を数学の式みたいに考えてしまう」（163頁）人間であることを承知しているし、それで別段問題ないと考えている。しかし、桜良はまさにその対極に位置している。

「正しくても正しくなくてもいいんだ、どうせ誰とも関わらないんだし」［……］
「なあにその自己完結。自己完結系男子なの？」
「違うよ、自己完結の国から来た自己完結王子なんだ。敬ってよ」
　彼女は白けた顔でみかんをむさぼった。彼女に僕の価値観を理解してもらおうとは思わなかった。彼女は僕とは反対の人間なのだから。

　彼女は人と関わることで生きてきた人間だ。表情や人間性が、それを物語っている。反して僕はというと、家族以外全ての人間関係を頭の中での想像で完結させてきた。好かれるのも嫌われるのも僕の想像で、自分に危害が及ばなければ好き嫌いすらどちらでもいいと思って生きてきた。人との関わりを最初から諦めて生きてきた。彼女とは、正反対の、周りから必要とされない人間。それでいいのかと訊かれたら、困るけれど。（179―180頁）

自分は自己完結的な人間なのだから、家族以外の人間関係はすべてどうでもいいと思って生きてきた春樹。それは積極的に広い交友関係を築いていこうとする桜良とは完全に相容れない生き方だ。だが、実は作品のこの時点で、春樹の内部には既に微かな揺らぎのようなものが生じている。それは言うまでもなく桜良の存在ゆえだが、春樹は桜良というそれまでの自分にとっては完全なエイリアンである彼女と遭遇することで、徐々に自身の生き方を見つめ始めるのだ。「それでいいのかと訊かれたら、困るけれど」という彼の正直な述懐には、自分と正反対の人間と出会うことで芽生え出した、「他者」との関係に馳せる思いが素直に表現されている。

　春樹にとって、彼と正反対の桜良は、もう長く一緒に生きることは叶わないけれど、まさに彼の人生のリード役であり、師のような存在である。「本当に、彼女からは多くを学ぶ」（170頁）、「本当に君には、色んなことを教えてもらう」（194頁）という彼の言葉には、そうした二人の関係の在り方が限りなく実直に滲み出ている。「他者」との関係を無意味と考える春樹と、それを何よりも大切に思う桜良。だから、春樹にとって、桜良との出会いは「平常の崩壊」（75頁）であり、桜良にとっての春樹は、「他者」の存在を実感させ、「真実と日常を与えてくれる人」（66頁）なのだ。桜良が彼に投げ掛ける言葉はいつも辛辣だが、そこには「他者」や「関係性」に対する透徹した考えが滲み出ている。人は「他者」として出会い、分かり合えない部分を互いに晒し合い、突き合わせながら生きていく。それが彼女の言う「真実と日常」に他ならない。

「君と同じ意見だったら見る目があるってのは、大層なエゴだね」（115頁）

「皆がさ、今まで関わらなかった君と意味分かんない形で関わってんのが面白いの。……」（178頁）

「教えたら人間関係、面白くないでしょ。人間は相手が自分にとって何者か分からないから、友情も恋愛も面白いんだよ」（180頁）

人との出会いやコミュニケーションは、同じ志向性やコードを有する関係の中で芽生え、成就するものとは限らない。桜良の言葉を借りるなら、「真実と日常」はむしろ、そうした「数学の式みたい」な状況から様々な形で逸脱する関係の中から生じ、展開されて行くのだ。桜良と春樹のまるで正反対の志向性から立ち現われる関係もそれと同じである。だから、それは永遠に平行線のままであっても構わない。「他者」との完全な融合などという幻想に支えられなくても、「他者」との間には、それを遥かに超えた、掛け替えのない関係を築くことができるからである。『君の膵臓をたべたい』で語られているのも、明らかにまた、そうした「他者」との関係の物語であろう。桜良と春樹を待ち受けるもの、そして読者の心を優しく揺るがせるもの、それらはすべてそこに託されているからである。

細(ささ)やかながらも、大いなる近接

ほとんど何の共通点も持たない二人の高校生が、互いの「他者性」を躊躇(ためら)いなく直面させ、即(つ)かず離れずの関係を維持していくことで、やがては細やかな寄り添いを手にすることになる。桜良も春樹も同じ心情や恋愛感情のようなものによって彼らの関係を確認してはいない。自分は確かに相手とはまったく共通性のない人間として生きてきた。だが、そうした全き「他者」との間にしか生じようのない関係こそが、決して「ありふれた言葉」(253頁)では表現できない、二人の関係ならぬ関係なのだ(「私と君の関係は、そんなどこにでもある言葉で表わすのはもったいない」〔253頁〕)。別に誰に強いられたわけでもないけれど、桜良との濃密な出会いによって、徐々に変わっていくのは春樹の方である。もちろん、桜良もまた春樹とは違う形で変わっていく。桜良と自分が正反対の人間であることを別段気にもかけていなかった春樹は、先に引用したように、「それでいいのかと訊かれたら、困るけれど」(180頁)と、微かな心の揺れを吐露している。そうした心情の微妙な変化は、実はそれより以前から既に始まっている。例えば、桜良から、自分が死んだら恭子と仲良くしてほしいと言われた彼は、仕方なく「考えておく」と答えるが、そのとき添えられた「お願い」という桜良の言葉を耳

にし、「意味のある一言だった。どうせ仲良くなることはないと決めてかかっていた僕の心が揺れた、少しだけ」（98頁）と述べている。春樹は自己完結的なそれまでの自分を脱し、「他者」に対して開かれた自分へと徐々に変わっていく。

そうした彼の変化は、物語が進展するにつれ、その強度を増していく。二人で泊まった九州のホテルでは、梅酒のソーダ割りを彼女から勧められ、仕方なく「……しょうがない、付き合おう」（109頁）と応じている。また、最初はまったく行く気のなかったこの旅行を総括するように、「楽しかった。本心だ。両親が忙しく放任主義な家庭に育ち、もちろん一緒に旅行するような友人もいない僕にとって、久しぶりの遠出は思ったより随分と楽しかった」（132頁）と告白している。それからの彼は、絶対に関わり合うことはないだろうと決めていた彼女からの応答を、心から期待するようになっていく（「彼女からの連絡を、僕は待っていた」［134頁］）。隆弘という名のクラスメイトに誹謗され、暴力を振るわれたあと、彼女に面倒をみてもらったときには、「それは、今まで体験したどんな人間との関わりよりも、痒（かゆ）くて恥ずかしいものだった」（170頁）と述懐している。これまで自己完結性という表現で自己を規定してきた彼は、彼女との異質な出会いを経て、ついには「僕は彼女が死ぬまで仲良くすることを誓った」（171頁）と宣言するに至る。桜良という、自分とは百八十度違う「他者」との遭遇により、彼自身もまた、百八十度と言えるほど変わってしまったことに気づかされるのである（「第三者的な僕が、人に対して素直に笑う自分を見ていた。いつの間にそんな人間になれたのだろうかと、訝（いぶか）しり、反面、感心していた。僕をそうしたのは、間違いなく目の前の彼女だった。いいことなのか悪いことなのかは誰にも分からないだろうけれど。とにかく随分と、僕は変わってしまった」［181頁］）。

こうした心の変容は桜良から春樹への言葉によっても優しく確認される（「いやぁ、君がまさか私をそこまで必要としてるなんて、思いもよらなかったよ。人間冥利に尽きるね、ひきこもりの君が初めて必要としてる人間なんじゃないの、私」〔205頁〕）。正反対の二人はさらに近接していく。「僕は面白くて笑ってしまう。そんな様子を見て、彼女がまた掌をこちらに向けてくる。僕はまた笑う。その繰り返し。／あー、楽しい。彼女がいるからだ」（194頁）。桜良が二週間入院していたとき、春樹は自分とは限りなく遠い人間だとみなしてきた彼女が、人間関係のあり方を教えてくれた、掛け替えのない存在だったことに気づかされる。それは彼にとって初めての出来事であり、一生に一度あるかないかの体験だった。春樹は今後何があろうと、この日々の体験を手放すことはないだろう。

> 俯瞰の僕に、言ってやろう。僕は、人との関わりを喜んでいた。生まれて初めてだった。誰かと一緒にいて、一人になりたいと一度も思わなかったのは。
>
> きっとこの世界で一番、人との関わりに感動していた僕の二週間は、彼女の病室に集約される。たった四日、その四日が僕の二週間の全てだった。（210頁）

春樹は桜良との出会いによって、決定的に変わった。「他者」としての立ち位置を最後まで守り抜いた彼女は、彼に「自己完結を許さなかった」（256頁）。最後に「人と関わるのは簡単じゃなかったよ。／難しかった、本当に」（275頁）と回顧する春樹は、桜良の亡き後、「以前とは違う僕として、ここにいる」（215頁）。それは、桜良が春樹とは百八十度違う正反対の生き方を一瞬たりとも停止することなく貫いた結果だ。彼女は自分の生き方を少しも変えなかった。春樹に合わせて何かをしようとか、共通の趣味を探そうとか、そんなことは僅かなりとも考えなかった。死ぬまでそうしたのだ。

きっと、彼女はずっとああだった。そりゃあ少しずつ思想は練り固められ、言葉は豊かさを増したろうけど、でも根幹はきっと彼女が一年後に死のうが死ぬまいが関係がなかったんだろう。

彼女は、彼女のままで凄い。それが、僕は本当に凄いと思う。

［……］僕とは正反対の人間。臆病で自己に閉じこもることしかしてこなかった僕にはできないことを平気で言ってのけ、やってのける人間。（217頁）

だから、彼女が見つめていたのは、常に彼とは別の方向だった。同じ方向を見つめ、同じものを志向したことなど一度もなかった。だが、人間が出会い、関係を持ち合っていくのに必要なのは、皆が同じ方向を向き、協調的に和合することだけではない。人は人生において、自身と異なる「他者」に遭遇し、その「他者」とのおぼつかない関係を精一杯積み重ねていく。そして、そのなかから、自己完結に陥らない自らの生き方を模索的に探り当てるのだ。したがって、「他者」との関係においては、反対の方向を見ているということは、お互いの方向を見ていることを意味する。この物語が最後に行き着くのは、そうした正反対の「他者」に見つめられる自己の存在である。

僕らの方向性が違うと、彼女がよく言った。

当たり前だった。

僕らは、同じ方向を見ていなかった。

ずっと、お互いを見ていたんだ。

反対側から、対岸をずっと見ていたんだ。（257頁）

桜良との待ち合わせ中、強い日差しの中を行き交う人々に何気なく目をやっていた春樹は、あることを考えている自分に気づきはっとする。それは、それまでの彼であれば決して思い至らない、「他者」への眼差しだ。


窓の外を歩いている彼らは、きっと生涯僕とは関係を持たないであろう、まごうことなき、他人だ。

他人なのに、僕はどうしてか彼らについて考えていた。こんなことは、以前ならなかったことだ。

ずっと、周りの誰にも興味を持たないと思っていたのに。いや、違う。興味を持たないでおこうと思っていたのに。その、僕が。

［……］

変えられたんだ。間違いなく変えられた。

彼女と出会ったあの日、僕の人間性も日常も死生観も変えられることになっていた。（213―214

頁）

『君の膵臓をたべたい』は「他者」との関係の物語であると指摘したが、そのことについては春樹も早い段階から冗談交じりに指摘している。「人間関係は複雑だから面白いとか言いそうなものだけど」（41頁）。これは春樹から桜良に向けられた言葉だが、それは既に彼に彼女が伝えようとしていることの真意を言い当てている。「誰かと心を通わせること」（192頁）。それは一般的に、自分と意見や好みや生き方を共にする者同士の間でなされるものと思念されがちだ。だが、そうした関係は自分と志向性を共有する相手ではなく、自分とはまったく異質な相手（「他者」）によって築かれることがある。それが他ならぬ、『君の膵臓をたべたい』という物語なのだ。桜良は言う。「私の人生は、周りにいつも誰かがいてくれることが前提だった。／［……］人との関わりが人を作るんだもん」（252頁）。だが、彼女は決して自分とは異質の人間をその関りから排除しようとはしない。「自分たった一人じゃ、自分がいるって分からない。誰かを好きなのに誰かを嫌いな私、誰かと一緒にいて楽しいのに誰かと一緒にいて鬱陶しいと思う私、そういう人と私の関係が、他の人じゃない、私が生きてるってことだと思う」（192―193頁）。それは桜良が渾身の想いを込めて春樹に投げ掛ける、「私は君を、凄い人間だと思ってるからね。／私とはまるで反対の、凄い人」（251頁）に凝集されているだろう。彼女は決して、彼を自分と同じ方向に向かせようとはしない。彼女は、自分も含め、他の誰とも違う一人の人間として彼と接し、行動していたのだ。「たった一人の人間として、生きている君に、私は憧れてた。／［……］だけど君は、君だけは、いつも自分自身だった」（252頁）。だが、桜良もまた、春樹と出会い、関係を築くことで、自分も彼と同じ、たった一人の人間であることに気づかされる。「初めて私は、自分が、たった一人の私であるって思えたの」(253頁)。

『君の膵臓をたべたい』は、二〇一七年に実写映画化され(監督、月川翔)、二〇一九年には劇場アニメ化された(監督・脚本、牛嶋新一郎)。映画では、桜良役を浜辺美波、春樹役を北村匠海が演じたが、最後の場面には原作にはない演出が加えられている。そこには小栗旬演じる、高校で教師を勤める春樹が登場するのだ。想像的な追加とはいえ、死んでいった桜良からのメッセージが実を結んだことを伝える、心憎い演出である。人と関わることが何よりも不得手で、自分の殻の中に閉じこもって生きていた春樹に、彼女は生前、彼の未来を切り開く貴重な目標を提案していた。病院に入院中だった彼女に、学校での補習内容を伝え終えたとき、彼女は彼に向かってこう言っていたのだ。

「ありがとね、【仲良し】くん教えるの上手いなぁ、教師になりなよ」
「嫌だよ。どうして君は、そう人間と関わる仕事ばっかり提案してくるわけ?」
「死ななかったら、本当は私がやりたかったことを代わりにやってもらおうとしてるのかも」
(174頁)

実際に書かれていない以上、こうした映画の演出は物語に対する一つの解釈に過ぎないのかもしれない。だが、たとえそうであったとしても、それは十二分にこの作品の方向性を見定めている。人と関係し合うことが何よりも好きだった彼女。そして、人との関係が鬱陶しくて仕方なかった彼。そんな彼の未来を変えたのが彼女だ。彼は、彼女と出会った頃、自分が将来、人と密接に関わる立場に身を置くことになろうとは、まったく考えていない。だが、彼が「人と関わる」という彼女からの提案を自身の生き方として受け止め、それを時間をかけて実行していくという未来は無理なく想像できるだろう。それが彼女の何よりの望みだったからである。

不条理な死──もう一つの「他者性」

桜良は、この小説が始まると同時に既に亡くなっている。読者は最初からそれを知った上で物語を読み進めていく。そして、春樹が彼女の記している『共病文庫』を見てしまったとき、彼女の死因は間違いなく、膵臓に関わるものであろうと考える。だが、そうした読者の予想はいとも素っ気なく裏切られる。作者は近いうちに確実に亡くなることになる彼女に、それとはまるで無関係な、突発的な死を与えるのだ。とはいえ、その死は物語の言説に着実に染み込み、常にその暴力を予兆している。「昨日の夜中、僕が眠った後、隣の県で殺人事件が起きた。通り魔みたいなものだったらしく、当然、朝からテレビはその話題で持ちきりだった」（45─46頁）という情報から始まり、殺人がらみの話は徐々に物語に浸潤していく。

「そういえば、殺人事件怖いね」

食べ始めて数十秒後、彼女がそう切り出した。

「……」

「皆興味ないんじゃない？　人があんまり住んでない田舎らしいし」

「君にしては薄情なものの言い方(かた)だね」

「……」

「私は興味あるよ。ちゃんとニュースも見たし、ああ、この人も私より先に死ぬとは思わなかっただろうなーって思ったもん、だけど――」（55頁）

　犯罪者の気まぐれや何かで明日死んでしまうかもしれない僕と、もうすぐ膵臓(すいぞう)をやられて死んでしまう彼女「……」（56頁）

「そうなの？　でもそんなのどこの県も一緒だよ。ほら、こないだ隣の県でも殺人事件あったしさ」

「もうニュースで見なくなったね」

「テレビで警察の人が言ってたけど、通り魔って一番捕まりにくいらしいよ。「……」」

「……」

「だから君が生き残って私が死ぬんだろうね」（85頁）

この通り魔事件は、二人の外部で起きたニュース的な出来事などではなかった。予想もつかない物語の進行を現出させる、決定的な事件だった。余命幾ばくもなかった彼女、どう手を尽くしたところで、いずれ近いうちに死んでいかねばならなかった彼女。そんな彼女の命を絶ち切ったのは、膵臓を蝕んでいた死の病ではなく、それまで再三、二人の間で話題に上っていたあの通り魔だったのだ。待ち合わせ場所に現われない彼女にメールし、家に帰った春樹は、夜のテレビニュースで彼女の突然の死（殺人）を知らされることになる。

> クラスメイト山内桜良（やまうちさくら）は、住宅街の路地で倒れているところを付近の住民に発見された。発見後すぐさま緊急搬送されたが、懸命の治療もむなしく、彼女は息を引き取った。
> ［……］
> 発見された時、彼女の胸には深々と市販の出刃包丁が刺さっていた。
> 彼女は、以前から世間を騒がせていた通り魔事件に巻き込まれた。
> ［……］
> 彼女が死んだ。（220─221頁）

読者にとっては、思い掛けない、ただただ不条理でしかない死と言えるだろう。作者はどうしてこのような展開を選んだのか、と訝しがる読者も多々いるかもしれない。だが、「死」とは本来、限りなく不条理なものであり、人間の営為をはるかに超出した現象なのだ。自己の死については、自身の身に起こることでありながら、それを語ることさえできない。「私は死んだ」と口にすることは永遠に不可能なのだ。人の死ぬ順番は無論、年齢や経済的な状況などで決まるものではない。また、桜良のように、もうすぐ死ぬと宣告された人間が、それとはまったく違う原因であっけなく世を去ることもある。死とは、人が常に身内に抱え、日々顔を突き合わせ、思念しているものでありながら、その人とは関係のない、まったく異質な（不）条理によって引き起こされる。死は何ものも差別せず、淡々と作動する。


僕は、残り時間の少ない彼女には明日があるものだと当然のように思っていた。まだ時間のある僕の明日は分からないけれど、もう時間のない彼女の明日は約束されていると思っていた。

なんて馬鹿げた理屈だ。

僕は、残り少ない彼女の命だけは世界が甘やかしてくれると信じきっていた。

もちろん、そんなことはない。なかった。

世界は、差別をしない。

まるで健康体の僕のような人間にも、病を患ったもうすぐ死んでしまう彼女にも平等に攻撃の手を緩めない。（221頁）

完全に相容れない相手を「他者」と言うなら、死は人知を超えた絶対的な「他者」のようなものと言えるだろう。『君の膵臓をたべたい』は、春樹と正反対の桜良――彼にとって、この上なく異質な「他者」——の死をめぐる物語であると同時に、人間に襲い掛かる死の絶対的な「他（者）性」（「不条理性」）を見つめ、それをある種、冷徹に描き出した、極めて稀有な作品であると評価されるだろう。春樹が何気なく述べている言葉がある。「彼女の死が僕らを結び付けている」（166頁）。この言葉はたぶん、いろいろな意味に解釈されるだろう。共有するものがほとんどなかった二人が、互いの異質性（他者性）を保持しながら——あるいは、幾分なりともそれを乗り越え——、他の何ものにも代え難い関係を築き上げていく。それは互いの異質性を排除するのではなく、認め合うということである。無論、死は人にとって耐え難い悲しみを引き起こすものである。だが、二人の間に介在する互いの異質性こそが逆に双方を近づけ、その関係を豊かなものにする。春樹の言う「死」とは、現象としての死を意味するだけではなく、人が人と生きていく際に味わう、互いの「遠さ」のようなものを暗示しているのかもしれない。死は何の予告もなしに、突然人に襲い掛かる。だが、「他者」との関係もそれに似ている。それは一瞬一瞬どうなるか分からない状況の中で、その形を作り出していく。その結果が、たとえどうであろうとも。桜良が春樹と恭子に託した最後の願い。それはまったく相容れるところのない二人に、仲良くしてほしいというものだった。「お願いっていうのは、仲良くしてあげてほしい人がいるの。／そう、恭子がいつもにらんでる彼（笑）」（246―247頁）。桜良の願いは聞きとどけられる。だが、それでもなお、春樹は恭子にこう反論し続けるのだ。「君とは違うんだよ、僕は」（272頁）と。

　フランスの哲学者ジャック・デリダは、死者たちの弔い方について、凡そこんな風に述べたことがある。死者を弔うという行為は、亡き者を内面化し、自分とその人を一体化することではない。それは、今でもなお、その人が生きているように振る舞うことである。「君は、私を君の中の誰かにするのが怖かったんじゃない?」(250頁)という桜良の言葉は、それと同種の事柄を示唆しているようにみえる。決して自己の内部に取り込まず、その人の「他者」としての差異性を確保し続けること。それについては、映画の最終シーン(教師となっている春樹の前に桜良が姿を現わすシーン)でも、そして、この物語の最後(春樹と恭子が一緒に桜良のお墓参りに行くシーン)においても見事な演出が施されている。

きっと、それを見ていたのだろう。

「うわははっ」

背後から聞こえた笑い声に、僕は首がねじ曲がるかもしれない勢いで振り返った。[……]

もちろん、僕らの後ろには誰もいなかった。

[……]

「さて、じゃあ桜良の家に行くか!」

「そうだね、桜が待ってる」(280―281頁)

桜良は今でもなお、春樹と恭子を外から優しく見守っているのだ。

君の膵臓をたべたい

最後に、この小説のタイトルについて述べておこう。小説のタイトルとしては些かショッキングなイメージもあるが、第一章の冒頭にある「君の膵臓を食べたい」（タイトルとは異なり、「たべたい」が「食べたい」となっている）は、学校の図書室の書庫でいきなりされる、桜良から春樹への告白である。そして、彼女が亡くなる直前、それと同じ内容のメールを彼が彼女に送っていることも、第一章が始まる前から既に明らかにされている。つまり、二人はこの同じメッセージを、互いの願いを伝えるものとして交換し合っているのだ。

では、このメッセージに込められた願いとは、はたして何であろうか。桜良は告白のあと、その意味をこう説明している。

「昨日テレビで見たんだぁ、昔の人はどこか悪いところがあると、他の動物のその部分を食べたんだって」

「……」

「肝臓（かんぞう）が悪かったら肝臓を食べて、胃が悪かったら胃を食べてって、そうしたら病気が治るって信じられてたらしいよ。だから私は、君の膵臓を食べたい」（6頁）

昔の人の迷信には違いないが、この言葉を発したときの桜良には、それで生きられるなら、是非そうしたいと思う、止むに止まれぬ気持ちがある。だが、そこには大きなジレンマが潜んでいる。もし、彼の膵臓を食べてしまったら、どうなるのか。彼は間違いなく命を落とすことになるだろう。自分が助かり、相手が死ぬことになるのだ。

それに気づいたのか、後に桜良は、春樹と焼き肉を食べながら、「膵臓は君が食べてもいいよ／[……] 人に食べてもらうと魂がその人の中で生き続けるっていう信仰も外国にあるらしいよ」（28―29頁）と呟く。そして、それを踏まえてか、さらにその後、「死んだらちゃんと膵臓を食べてね」（206頁）と言葉を漏らす。彼女の発言は、大切な相手を殺してしまうことから、その相手の心の内で死後も生き続けることへ、食べることから食べられることへとシフトする。

春樹はどうだろうか。彼が桜良の死の直前に送る「君の膵臓を食べたい」というメッセージは何を伝えようとしているのか。それはたぶん、「死んだらちゃんと膵臓を食べてね」と言う桜良に応じる、彼の返答の内に示されている。「もしかしたら、悪いところがなくなったら死なないんじゃない？今すぐにでも食べてあげようか？」（206―207頁）。彼は「猟奇的な[……]カニバリズム」（6頁）とも思えた彼女の告白を真摯に受け止め、ただただ彼女の病が回復することをだけを祈り続ける（「彼女の膵臓が治りますように」[87頁]）。春樹は、食べられる方（殺される側）から食べる方（相手の命を救おうとする側）へとシフトしているのだ。

これは無論、一つの比喩であり、桜良や春樹が実際に相手の膵臓を食べるというわけではない。それは、死の病に最後通牒を突き付けられた桜良の極限的な気持ちと、避けられないと分かりつつも、彼女の死に限りなく身を寄せ、それを回避したいと思う春樹の不可能な願いを凝集した言葉なのだ。そして、ここでもまた、両者の考えは対照的な方向から語られている。食べることから、食べられることへ。食べられる方から食べる方へ。二人の間で何度も何度も口にされ、確認されてきたように、彼女と彼の「方向性」は最後まで正反対のままなのだ。だが、それは二人の間に乗り越えがたい壁があることを決して意味してはいない。むしろ、その逆であろう。彼らはまさに「同じ方向を見ていなかった」。だが、「ずっと、お互いを見ていた」のだ。「反対側から、対岸をずっと見ていた」のだ。『君の膵臓をたべたい』という戦慄すべきタイトルは、人生の途上で出会った正反対の二人──二人の「他者」──が、死という絶対的な「他者」と直面することから生じた真摯な「関係性」の物語を心憎いほど見事に凝縮していると言えるだろう。

「人に食べてもらうと魂がその人の中で生き続ける」という信仰は無論、内的な一体化という形で現実的に成就されることはない。それはもちろん、桜良も春樹も最初から分かっているはずだ。桜良は亡くなった後でもまだ、一人の「他者」として、まるでこの世にいるかのように、「うわははっ」と春樹や恭子の背後から笑いかけてくるような気がするからである。

第２章

『また、同じ夢を見ていた』

皆違う。でも、皆同じ。

『君の膵臓をたべたい』が人と人との「関係」をめぐる物語だとするなら、『また、同じ夢を見ていた』も、それと同種の問題を提起する物語と言えるだろう。小柳奈ノ花という異常に大人びた小学生と、彼女を取り巻く人間たちとの「関係」。この小説の基底には、常にそうした問題が横たわっている。賢くて頭の良い奈ノ花――彼女自身も常にそのことを意識している――は、友達がほとんどいないだけでなく、クラスの生徒たちを端から馬鹿と決めつけている。そうした態度は生徒たちばかりではなく、周りの大人たちに対しても向けられるし（「大人なんてみーんな、的外れだよ」［12頁］）、担任のひとみ先生に対してさえ、「大体、的外れ」（7頁）と言って憚らないほどである。この子ども離れした主人公は、「一人でも十分楽しめる」（7頁）と豪語し、河川敷にある子どもたちの遊び場にも関心を示そうとしない。ならば、家に自分の世界があるのかというと、決してそうではない。両親は働きに出ていて、「家に帰っても誰もいない」（7頁）のだ。しかし、彼女はこの状況を少しも気にしてはいない。むしろ、人間関係の外部で、自身だけの充足した毎日を送ることをよしとしているのだ。これは、いささか状況は異なるが、『君の膵臓をたべたい』の春樹の生き方と似ている。それは、二人が読書をこよなく愛していることや、両作品に現われる『ハックルベリー・フィンの冒険』や『星の王子さま』への言及などからも確認できるかもしれない。では、自己完結的な春樹と、彼が人との接触に乗り出すきっかけを与えてくれた桜良のような「関係」は、この作品（『また、同じ夢を見ていた』）ではどのような形で出現し、実現されるのであろうか。奈ノ花にとって大切な「他者」はどのような形で姿を現わし、彼女の生き方を変えて行くのだろうか。この作品が、予想もつかないほど精巧な仕掛けで語り出そうとしているのは、まさにそうした「他者」（たち）との幸福な遭遇である。

奈ノ花と三人の大人たちと一匹の猫

　奈ノ花には一緒に遊んだり、楽しくお喋りしたりする同年代の友達がいない。荻原くんという頭のいいクラスメイトがいるが、彼ともそれほど深い親交があるわけではない。彼の賢さを気に入っているという程度である。だから、学校が終わるとすぐ、彼女は自宅のあるマンションに帰って来る。

　彼女の真の生活が始まるのはそこからである。ランドセルを自分の部屋に置き、家の鍵をかけるとすぐ、彼女は外出する。すると、待ち構えていたかのように、一人の「友達」（８頁）が姿を現わす。正確に言うなら、それは「ナー」と鳴く、一匹の尻尾のちぎれた雌猫である。二人（一人と一匹）は、「しーあわーせはー、あーるいーてこーないー」（水前寺清子が一九六八年に歌ってヒットした曲、「三百六十五歩のマーチ」）、「ナーナー」（９頁）と歌い交わしながら、いつもの散歩──冒険──に出発する。ここで注目すべきは、彼女が猫に対して「友達」という言葉を使っていることだ。だが、猫が何故いつも登場するのかについては、一言も説明されていない。猫はどこから現われ、どこに帰っていくのだろうか。定かではない。この小説が現実的な問題を取り扱いながらも、魔法めいた、夢のような世界を創出しようとしていることは、こうした猫の登場によっても始めから予兆されている。

　彼ら（奈ノ花と猫）が先ず向かうのは、川の近くのクリーム色のアパートに住む女性のところである。この女性の名前は最後まで明かされることはないが、表札に乱暴に落書きされた「アバズレ」という文字を見た奈ノ花は、それ以後ずっと彼女を「アバズレさん」と呼び続ける。はっきりと語られてはいないが、「季節を売る仕事をしてるんだ」(16―17頁)という彼女の意味深な言葉から、そのすさんだ生活状態を想像することは十分可能である。

猫を従えた奈ノ花が次に足を向けるのは、丘を登ったところの広場にある、大きな木造の家である。そこには「おばあちゃん」が一人で暮らしている。奈ノ花はそこで、お茶やケーキをご馳走になったり、『星の王子さま』や『ハックルベリー・フィンの冒険』の話をしたりしながら、楽しいひとときを過ごす。このおばあちゃんにも名前は与えられていない。

奈ノ花が出会う三人目の人物は、おばあちゃんの家の反対側にある奇妙な建物の屋上で一人時間を過ごす「南さん」という女性である。とはいえ、「南さん」というのは、彼女の紺色のスカートに刺繍した文字から奈ノ花が勝手に想像した名前であり、読者に本当の名前が伝えられることはない。

このように、奈ノ花が出会い、真の「友達」として交流する三人の女性たち――そして、一匹の猫――からは、名前(固有名)がことごとく取り払われている。この作品において最も重要な役割を担う存在でありながら、彼女たちには、物語の開始時から既に、現実の存在ではないかのような空気が色濃く纏いついている。彼女たちの名前の不在。そこにはいったいどのような意味があるのだろうか。それはおそらく、この小説のタイトル、『また、同じ夢を見ていた』に明確に示されている。

夢の世界へ

奈ノ花と交友する三人の女性たちは、それぞれ皆、印象深い人たちだが、その一方で、どこか現実離れした雰囲気を纏っている。それは、毎回きちんと登場し、散歩の共をしてくれる猫によって誘（いざな）われる、魔法の国の住人たちのようなのだ。奈ノ花の一日は、退屈な学校での生活と、それに続く至福の時間とにきっちり二分されている。彼女にとって、下校後の時間は日常から脱した、まさに「冒険」（61頁）のひとときと言えるだろう。彼女の表現を借りるなら、「私が勇者で、この子［猫］が妖精、南さんは森に住む賢者」（61頁）ということになる。猫と共にする散歩というファンタジー的な設定と、その限られた時間を考え併せるなら、下校後の彼女の体験が、現実ではなく、「夢」であるという可能性は十分にある。というより、魔法あるいは夢として読まないと、物語としての整合性を保てない箇所が幾つも存在することになるのだ。夢とは「同」と「異」が奇妙に混交する世界であり、すべてが現実のままではない。それはまた、現実的な感覚では解消しえない事件や事柄を残したまま、忽然と消え去っていく。奈ノ花と三人の女性たちとの交流も、決して永続的なものではなく、束の間の出会いとして、ほどなく断ち切られるのだ。

三人との別れは突然、奇しくも年齢順にやって来る。最初は南さんとの別れ。それまで何度か会っていた不思議な建物に行くと、そこは既に砂利の敷かれた更地になっている。南さんは、二人が交流した物的証拠のようなものを何一つ残さず、奈ノ花の世界から永遠に姿を消したのだ。

結局、それ以来、南さんと私が会うことはありませんでした。
不思議なことがいくつかありました。一つは、同じ町に住んでいるはずなのに、南さんとすれ違うどころか、南さんと同じ制服を着た高校生の女の人を一人も見なかったことです。

もう一つは、南さんから貰って、大切に机の中に入れておいたはずのハンカチがなくなってしまったこと。［……］

そして、最後の一つが一番不思議なことでした。私は、南さんが書いていた物語がどんな話だったのか、一つも思い出すことができなかったのです。（101―102頁）

作品の終盤近くで描かれるアバズレさんとの別れは、さらに突然で謎めいている。同伴した猫もそれを知っていたのか、いつもとは様子が違う。「黒い友達は一緒に歌ってはくれず変な顔をしました」（216頁）、「尻尾のちぎれた彼女が、階段をのぼろうとしなかったのです」（218頁）、「私が持ちあげようとすると彼女は私の手からするりと逃げてしまいました」（218頁）。おかしいと思った彼女が表札を見ると、彼女の「名前が消えていました」（219頁）。不思議なことはさらに続く。チャイムの音に応じて家から出てきたのは、アバズレさんではなく、彼女と同じくらいの歳の男性だったのだ。昨日もここに来たと言い張る奈ノ花に対して、「昨日も僕いたけど、君は来なかったよ？」（221頁）と彼は答える。しかも、「僕、ここにもう四年住んでる」（222頁）と付け加えるのだ。納得のいかないまま、彼女の住んでいた家を後にするとき、菜ノ花は確認するようにお供の猫に尋ねる。「知ってたのね、アバズレさんが、いないこと」（223頁）。彼女（猫）からの答えは返ってこない。彼女はたぶん、そこに来るよりも前から、既にそれを知っていたのだ。同情した男性が菜ノ花に投げかける言葉が、奇しくも事の真相を言い当てているように思われる。「奈ノ花ちゃんは夢を見たんじゃないかな、……」（221頁）。そして、彼女は夢の中で、今までのアバズレさんとの交流が何であったかに気づかされるのだ。

南さんとの不思議が、今のこの不思議な場面と重なって、でもそんな不思議なことが何度も起こるということを、私は私のかしこさでは説明出来なかったのです。私のかしこさで説明するとしたら、三つの言葉でしか出来ない。それは、嘘か、魔法か、夢。（222頁）

おばあちゃんとの別れも、それから間もなく訪れる。最後に残った大切な友達である彼女の家に駆けつけた奈ノ花は、南さんやアバズレさんが姿を消してしまった不安から、「おばあちゃんは、いなくなったりしないわよね？」（231頁）と問いかける。だが、猫と同じく、おばあちゃんは答えてくれない。ただ眠っていただけなのだが、彼女からの返ってこない返事は、彼女がもうすぐ奈ノ花の前から去っていくことを暗示している。そして、その後彼女の家を訪れたとき、それは決定的な言葉として彼女に囁かれる。「おばあちゃんは、よく分からないことを言いました。きっと今日で最後だから、って」（236頁）。

この日はいつもと決定的に異なっている。おばあちゃんの家を離れ、いつものように、「しっあわーせはー、あーるーいーてこーないー」、「ナー」と一緒に歌っていると、「尻尾のちぎれた彼女」は、奈ノ花に不思議な声で、しかも奈ノ花に伝わる言葉で、語りかけてくるのだ（「彼女の声は、私に大事な話があると言っていました」［243頁］）。

「……ナー」

彼女は、おばあちゃんの家に残ると言っていました。彼女が放課後、私の家の前以外で私と別れるのは、初めてのことでした。

「……」

「ナー」

不思議な声でした。ありがとうと、さようならを合わせたみたいな。（244頁）

いつもとは違う友達の声を気にしながら、彼女は丘を下る坂道へと足を進める。するとその時、一陣の魔法を始動させるような「風」が吹き抜け、彼女はその風に手を引かれるように、おばあちゃんの家の方を振り向く。そして、それがおばあちゃんと小さな友達との最後の別れとなる。

私は、びっくりとか、驚きとか、そういうものを通り越した不思議を受け止めた時、人は大きな声を出したりしないんだって、知りました。

私が風に引っ張られた先、そこには、緑色の原っぱが拡がっていました。草があって、花があって、生きている木があって。

それ以外には、何もありませんでした。

さっきまであったはずの木の家も、さっきまで話していた友達の姿も、もうそこにはなかったのです。

強い風は、それから一度も吹きませんでした。（244―245頁）

奈ノ花が見てきた「夢」はこうして、魔法を引き起こす「風」の停止とともに、一応の終わりを迎える。

そして物語は再び、奈ノ花の現実世界――学校の授業時間――に戻ってくる。夢＝魔法の世界で出会った三人の女性と一匹の猫のことを、ここでもまだ、彼女が現実的な出来事として信じようとしているのは確かだろう。だが、一方で、彼女はそれが「夢」ではなかったかとも考え始めている（「私は、もしかすると知っていたのかもしれません。本当はもう会えないかもしれないこと」〔247頁〕）。ひとみ先生に対しては、「私の友達が消えちゃった不思議が、私には分からないのよ」（248頁）と言いつつも、彼女が最後に行き着くのは、自分が幸福な「夢」を見ていたということ、そして、その「夢」からは、いつか目覚めなければならないということだったのではないだろうか。小学生時代の物語は、こうして最後の語りを終える。

　声が出なくなり、やがて見えている風景が右目と左目で違っていることに気がついて。
　この時ようやく私は気がつくのです。
　ああ、ここで終わりか、と。（249頁）

夢見る少女と夢見られる少女

この小説のタイトル、『また、同じ夢を見ていた』は、この物語が「夢」をめぐって展開するものであることを明確に示唆している。しかし、その夢はいったい誰が、いつ見ていたのかと考えると、問題はかなり込み入ったものになる。普通に考えるなら、夢を見ているのは奈ノ花と思われる。では、その夢はいつ見られたのだろうか。作品の最後で、大人に成長した彼女の口からは、リフレインのように数度、「また、同じ夢を見ていた」というフレーズが繰り返される。それは「子どもの頃の夢」（251頁）、つまり、あの南さん、アバズレさん、おばあちゃんが登場する夢に違いない。だとするなら、彼女は大人になった今でも、小学生の頃に見たのと同じ夢を見続けていることになる。「尻尾のちぎれた友達」の夢は、大人になった彼女だけが見ているのだという解釈も可能かもしれない。だが、それはやはり不自然だろう。三人が「また、同じ夢を見ていた」と言うとき、その夢と同じなのは、奈ノ花が小学生の頃に見ていた夢に違いないからである。奈ノ花は今でもなお、あの過去に見た夢と同じ夢を見続けているのだ。

　しかし、「また、同じ夢を見て（い）た」と呟くのは、奈ノ花だけではない。南さんも、アバズレさんも、そしておばあちゃんも、同じ言葉を口にするのだ。南さんは、その夢が「子どもの頃の夢だ」（81頁）と言うだけで、その内容を明かしてはくれない。おばあちゃんもまた、「ああ、また、同じ夢を見ていた」（225頁）と言うだけだ。だが、アバズレさんは違う。奈ノ花に対して、「私ね、よく見る夢があるんだ。今朝、また同じ夢を見てた」（166頁）と切り出したあと、その夢の内容を滔々と語り始めるのだ。「ある女の子の夢。その子は、とてもかしこくて、本もいっぱい読むし、たくさんのことを知っていて、そのことで自分は周りの人達とは違う、とても特別な人間だって思ってた」（166頁）と語り出される女の子の姿は、まさに奈ノ花そのものだった（「私は、思いました。それってまるで……」〔168頁〕）。話はその後の彼女にも及ぶ。周りの人たちを馬鹿にしていたため、皆から嫌われていたこと、自分の世界に閉じこもり、ただ賢くなるためだけに生きていったこと、立派な大人になったのに、一人も褒めてくれる人がいなかったこと、自分の人生には意味がないと思い、心身を粗末に扱ったこと、自らの人生を破壊し、人生を終わらせようと思ったこと、等々。先のことは、まだ小学生の彼女には分からなかったが、アバズレさんの伝えようとしたことは理解できた（「お嬢ちゃんが、その子にそっくりだから」〔170頁〕）。つまり、奈ノ花はただ夢見る少女であるだけでなく、自分が見ている夢の中で夢見られている少女でもあるのだ。南さんやおばあちゃんの夢の具体的な内容については、ただ想像してみるしかない。だが、そこにもまた、奈ノ花は確実に存在していたであろう。夢の世界で出会った彼女たちは、互いの夢の中に登場するほど緊密な関係で結ばれているのである。

南さんとアバズレさんとおばあちゃん

南さん、アバズレさん、おばあちゃんの三人が物語の中で顔を合わせることはない。だが、奈ノ花の語りには、出会わない彼女たちの類似性を強調する言明が数多く存在する。

例えば、南さんについては、こう語られている。「揺れる前髪、初めてきちんと覗いた南さんの目は、アバズレさんやおばあちゃんと同じで、とても綺麗でした」（49頁）、「南さんのガキという言葉には、アバズレさんの言うお嬢ちゃんや、おばあちゃんの言うなっちゃんと同じ、素敵な匂いがつまっていました」（51頁）、「南さんの「勝手にしろ」はアバズレさんの「またね、お嬢ちゃん」と同じ意味」

（59頁）、「私が来たことを見つけると南さんはぶっきらぼうに「また来たのか」と言いました。もちろん、おばあちゃんの「よく来たね」と同じ意味です」（60頁）、「初めて見る南さんのまっさらな顔は、アバズレさんみたいに透明で、おばあちゃんみたいに優しくて、素敵でした」（91頁）。

同じような語りは、他にも存在する。「でも、おばあちゃんも、アバズレさんと同じことを言いました」（138頁）という奈ノ花の確認。「過去はもう戻ってこない」というアバズレさんの言葉を聞いたときの、「時間は戻ってこない。私は、そう言った南さんのことを思い出しました」（170頁）という彼女の言葉。ともに「奈ノ花」と名前で呼んでくれたアバズレさんと南さん（181頁）。自らの人生を振り返るおばあちゃんの話から思い出す、「南さんの目」と「アバズレさんの手」（238頁）。そして、おばあちゃんの「歩く」という言葉から思い出す南さんやアバズレさんの言葉（239頁）。

同じ物語空間に登場する以上、南さん、アバズレさん、おばあちゃんは、それぞれ別の存在と見なされるべきかもしれない。だが、この物語は、そうした型通りの展開を超出した世界を読者に差し出している。三人に固有の名前が与えられていないことも、そうした世界の現出に一役買っていることは確かだろう。奈ノ花にとって、年齢もまちまちなこの三人の女性は、「親和力」のようなものによって結ばれ、融合している。先に、夢とは「同」と「異」が奇妙に混交する世界だと述べておいたが、奈ノ花の小学生時代の体験がもしも「夢」だったとするなら、年齢も呼ばれ方も違うこれら三人の女性たちは、互いに「異」であると同時に、限りなく「同」に近い存在と言えるだろう。彼女たちは互いに出会うことがない。穿った見方をするなら、それは彼女たちが、それぞれ別の役割を果たす同じ人物であるからだ。南さん、アバズレさん、そしておばあちゃん。彼女たちは、一人の人生の、異なる時間相を表象するため、奈ノ花の夢物語に登場したのである。

奈ノ花と三人の女性たち

夢が夢見る人と本質的な関わりを有するとすれば、夢の中にその人自身、あるいはそれらしき人が登場して来ることは、ごく自然と言えるだろう。それはもちろん、登場する人物が、現実の当人と完全に一致するということではない。夢の形成には、その過程において、様々な変形操作が加えられるからである。では、この小説で奈ノ花が見ていると思われる「夢」では、彼女自身が中心人物として登場する。では、彼女が出会う、類似性をそなえた三人の女性たちは、いったい誰を表象しているのだろうか。一人としてきちんとした固有名を持たない四人の登場人物——奈ノ花もまた、「夢」の中では名前を与えられていない——は、それぞれに異なる人格を背負っているのだろうか。答えはそうであり、またそうではない。それは物語を読み進めていく過程で、最初は暗示的に、そして次第に明示的に示唆される。その経緯を確認しておくことにしよう。

先ずは、物語＝夢から最も早く姿を消してしまう南さん。物語の冒頭、奈ノ花は体育の授業を休ませてもらうため、「頭がおかしくなっちゃったので」（３頁）という奇妙な理由を口にする。そして、まったく同じ言葉は、カッターで手首を切った南さんにも向けられるのだ（「頭おかしくなっちゃったの？」［43頁］）。「四角い石の箱みたいな建物」——何となく、石の墓を連想させる——で出会う南さんは、「一人なの？」と尋ねた奈ノ花と次のような会話を交わす。

「一人なの？」

「……別にいいでしょ、一人でも。誰かと一緒にいる必要はない」

「確かに。それには私も同じ考えを持っているわ」

「……」

「……あんた、嫌われてんでしょ？」

「かもね」（44頁）

こうした遣り取りは、誰とも接触せず、毎日一人で時間を過ごしている南さんの心情だけではなく、仲の良い友達もなく、学校で一人浮いた生活を送っている奈ノ花の心情を表現してもいる。年齢は違うが、二人は同じように、人との関係性を失った状態の中で暮らしているのだ。つまり、二人はよく似ているのである。二人の共通性＝類似性は、「物語を書く」という同じ志向性によっても確認される。「お話を、書いてる」（48頁）と勇気を出して教えてくれた南さんに対し、奈ノ花もまた、「私いつかは物語を自分で書いてみたいと思っているの」（50頁）と口にする。そして、それを聞いた南さんは、「なんで初対面のガキに」（50頁）などと悪びれながら、書きかけのノートを奈ノ花に渡してくれるのだ。

示唆的な場面は、南さんの「また、同じ夢を見てた」、「子どもの頃の夢だ」（81頁）という言葉によって始動するが、そのクライマックスは、「魔法」の働きを暗示する「風」によってもたらされる。

突然吹きつける風は、この物語の重要な局面を開始する装置として機能しているが、それはまた、奈ノ花と南さんの劇的な出会い、二人の限りなく濃密な関係を啓示する予兆ともなっているのだ。

　私が言い終わるのと、南さんが何かを言いかけたのはほぼ同時でした。正面から強い風が一度吹きました。（87頁）

不思議なことは、この直後に生じる。父や母への不満をぶちまけていた奈ノ花に対して、南さんは突然笑顔を消し、奈ノ花＝南さんと両親の関係の大切さについて、涙を零しながら語り始めるのだ。南さんは自分と両親の取り戻せない関係を悔いながら（両親は既に亡くなっている）、奈ノ花が両親と仲良くするよう説得し、約束を迫る。読者に対し、二人の類似的＝同一的な関係が決定的な形で言説化されるのは、この時である。


「ねえ、南さん？」

「おい、奈ノ花(なのか)」

　南さんの声は震えていました。震える声で、私の名前を呼びました。南さんから、ガキ、以外の呼ばれ方をされたのは初めてで、私はおかしな感じがしました。どうして名前で呼ばれたのかも、南さんが震えている理由も分かりません。だから、もう一度訊きます。

「どうしたの？」

「奈ノ花…………一つ、私と、約束しろ」(88頁)

不思議なのは、南さんが「奈ノ花」と突然名前で呼んだことだ。奈ノ花は南さんに、自分の名前を教えていないはずである。では、どうして、南さんは「奈ノ花」という名を口にすることができたのか。そして、両親との関係を大切にするよう、奈ノ花に懇願し、約束させたのか。さらに付け加えるなら、南さんには何故、「人生とは」と語る、奈ノ花と同じ口癖があるのか。奈ノ花は、彼女が「私の口癖を真似」(90頁)したと述べているが、その理由は定かではない。

南さんが奈ノ花の名前を知っていたことは、どう考えても不思議と言わざるをえない。だが、もしも二人が限りなく近しい間柄、分身のような関係、まさに相同的な存在であったとしたら、どうだろうか。もしそうなら、南さんが最初から奈ノ花の名前を知っていても、何の不思議もない。彼女は、出会いの途中から、奈ノ花が自分と相同的、まさに同じ存在であることに気づいたのではないか。

次はアバズレさん。奈ノ花とアバズレさんの相同性――「同一性」と言っても、ほとんど問題ないだろう――は、二人が出会ったときから、奈ノ花自身によって意識されている(「アバズレさんはやっぱり、私がなりたい未来の私にぴったりと当てはまりました」[74頁])。そして、そうした同質な感覚は、アバズレさんが堰を切ったように語り出す「ある女の子の夢」(166頁)によって、益々確かなものとして確認される。

南さんのときと同じく、ここでもまた、「また同じ夢を見てた」(166頁)というアバズレさんの言葉が、奈ノ花と彼女の相同性を語る物語の起点となっている。アバズレさんの話は、この物語のいわばクライマックスと言っても過言でないほど、特別な意味を帯びている。したがって、多少長くなるが、重要な部分を随時引用しながら論を進めることにしよう。

アバズレさんによって語られる女の子の姿は、今目の前にいる女の子の姿と限りなく同一的である。同一人物の話と言っても、問題はないだろう。それはまさに奈ノ花自身なのだ。

「ある女の子の夢。その子は、とてもかしこくて、本もいっぱい読むし、たくさんのことを知っていて、そのことで自分は周りの人達とは違う、とても特別な人間だって思ってた」（166頁）

「自分を特別に思うのは大事なことだよ。だけれどその子は、自分を特別だと思うことを勘違いしてた。周りの人達を全員、馬鹿だと思ってたんだ。本当はそうじゃないのに、その子は、かしこいことで特別だったものだから、かしこいことだけが、特別になるたった一つの手段だと思ってた。［……］」（167頁）

「その子は、立派な子ども、だったのかもしれない。だけど、皆を馬鹿にしてる子が人に好かれるわけがない。その子はどんどん周りの人達に嫌われだした」（167頁）

「その女の子を理解してくれようとする人もいたかもしれない。でも、そんな人がいることも考えなかった女の子は、そのままどんどん大人になっていった。自分の世界に閉じこもって、

ただかしこくなるためだけに時間を使った。そうすればいつか幸せになれると信じてた。だけど、違ったんだ」（167頁）

この少女には、夢見る主体であるアバズレさんの姿が、間違いなく投影されている。だが、それは同時に、奈ノ花の現実の姿でもあるのだ。彼女自身もそれに気づき、思わず反応している。

私は、思いました。それってまるで……。
だから、とてもその子のことが気になりました。
「その子は、どうなったの？」（168頁）

「それってまるで」に続く言葉が何であるかは、極めて明白であろう。それは「私」、つまり奈ノ花なのだ。

アバズレさんの話は奈ノ花の現実を語るだけでなく、彼女の未来をも語っている。そして、その未来は、アバズレさんが実際に経験してきた人生の一部に他ならない。「その子はもう、この人生を終わらせようと思った」（169頁）と述べているのも、彼女自身のことに違いない。彼女はそう思ったとき、偶然にも彼女の分身である少女――奈ノ花――の訪問を受け、人生を終わらせることを思い止まるのだ。それはいわば、二人の奈ノ花が夢の中の夢で出会う決定的な場面である。もちろん、あの「小さな友達」もまたそこにいる。

「結局、その子は人生を終わらせたりしなかったんだ。［……］終わらせようと思ったその日、その子のところに突然、お客さんが来た。小さな友達を抱えた、女の子だった」（169頁）

奈ノ花が夢の中で初めてアバズレさんを訪ねた日こそがまさに、その子、アバズレさん、そしてたぶん未来の奈ノ花が、死ぬことを取りやめる日だということになるのかもしれない。その後も、アバズレさんは、奈ノ花が「その子にそっくりだから」（170頁）、「一度は物語を書く人間になろうかとも思った」（171頁）などと言ったり（「物語を書く人間」とは、言うまでもなく、奈ノ花と南さんの共通点である）、二人の好きなもの（漫画『ピーナッツ』のチャーリー）や、嫌いなもの（納豆）について確認したりする。

とりわけ重要なのは、その子の「口癖」が話題にされる場面である。アバズレさんと少女、そして奈ノ花が相同的・同一的な存在である可能性が、そのときのアバズレさんの返答に、一瞬の啓示のように顔を覗かせるからである。瞼を瞬かせ、口を大きく開いたアバズレさんは、「どうしたの？」という奈ノ花の問いかけに、奇しくもこう答えるのだ。

「私の…………子どもの頃の口癖、人生とは、だ」（172頁）

その少女の口癖「人生とは」が、奈ノ花（そして、たぶん南さん）のそれと同じであることも驚きだが、それ以上に驚かされるのは、アバズレさんが、少女の口癖について、「彼女の」ではなく、「私の」と答えていることである。つまり、意識的か無意識的かは別にして、彼女は彼女が語る少女と自分自身を完全に同一の人間として話をしているのだ。

アバズレさんと奈ノ花の濃密な対話はさらに続く。そして、そのハイライトは南さんのときと同じように、一陣の風とともに訪れる（「その瞬間、部屋の中なのに、風が吹いたような気がしました」〔178頁〕）。これが、奈ノ花とアバズレさんが真に交流し、一体化する時の合図だ。

> アバズレさんは、また何かに驚いた顔をしていました。でも、その度合いが、まるで今までと違ったのです。「……」宇宙人と魔法使いと地底人を一緒に見てしまったみたいな。まるで、雷に打たれたみたいな。（178—179頁）

奈ノ花が「どうしたの？」と問いかけると、彼女はまず「桐生、くん……？」と呟き、さらに続けて「もしかして……………奈ノ花？」（179頁）と自問するのだ。南さんの場合と同じく、教えていなかった自分の名前を突然口にされた奈ノ花は、あまりの不思議さに頭が混乱する。だが、アバズレさんは、「そうか……」、「そういうことだったのか」（180頁）と自ら納得するだけで、奈ノ花の疑問には答えてくれない。その後は、奈ノ花をぎゅっと抱きしめ、泣きながら彼女に謝り続けるだけだ（「ごめんな、幸せじゃないなんて言って」、「こんな私になっちゃって」、「アバズレなんて呼ばせて」〔181頁〕）。アバズレさんは何故、南さんのように、知らないはずの奈ノ花の名前を知っているのか。その答えは結局最後まで提示されないが、一つの読み方を示しておくことは可能だろう。それは、南さんもアバズレさんも奈ノ花の一部分ではないか、ということである。つまり、これら二人の女性は、奈ノ花の未来を予想させる分身のような存在であると同時に、その未来を異なる可能性に向かって切り開く導き手でもあるということだ。それは何よりも先ず、「今、やっと分かったんだ。どうしてお嬢ちゃんがあの日、来たのか。どうして私と出会ったのか」（182頁）という、アバズレさんの言葉に凝集されている。そして、ついでに付け加えるなら、こうした「同」と「異」の関係性は、アバズレさんとの抱擁場面にもしっかりと書き記されている。「泣いた顔は、皆同じになるのね」（182頁）、奈ノ花の口癖そのままのアバズレさんの言葉「いいかい、お嬢ちゃん。人生とはプリンと一緒だ」（182頁）、「私も、本当は苦いコーヒーやお酒より、甘いお菓子が大好きだった」（182頁）、「二人でプリンを食べながら、私達はいつも通りにオセロをしました。勝敗も、いつも通り。だけどいつか私の方が強くなってみせます」（183頁）。

アバズレさんは最後におばあちゃんのことを尋ねる。あたかも、自分、そして奈ノ花の未来を案じ、彼女たち三人──一人と言うべきか──の幸せを祈るように。

「どうしたの？」

「いや、おばあちゃんは、今、幸せなのかなと思って」

「……」

「ええ、幸せだったって言ってたわ」

答えると、アバズレさんは本当に嬉しそうに笑って「よかった」と言いました。（183―184頁）

そして、最後におばあちゃん。おばあちゃんもまた、同じ言葉を口にする。「ああ、また、同じ夢を見ていた」（225頁）。奈ノ花は、彼女にいなくなってしまった南さんやアバズレさんのことを伝える。すると、それを承知していたかのように、彼女は答えるのだ。「大丈夫。その子達には、いつか必ず会えるさ」（227頁）。彼女は何故そんなことを言うのか。それはやはり、奈ノ花の未来を、全部とは言わないまでも、ある程度把握しているからに違いない。彼女は、南さんやアバズレさんが自身の分身的存在であり、奈ノ花もまた、彼女たちと繋がっていることを知っているのだ。おばあちゃんとの対話が、彼女の幸福な未来を予感させるのはそのためである。


「幸せとは」

「うん」

「今、私は幸せだったって、言えるってことだ」

おばあちゃんの答えは、今まで色んな人から聞いた幸せの答えの中で一番分かりやすくて、一番心にすっと染み込むものでした。だけど。

「それって、ずうっと長く生きていないとあれがないわ、説得力」（229頁）

おばあちゃんが奈ノ花と同質の生によって結ばれていることは、二人が話題にする、おばあちゃんの友達の「絵描きさん」と桐生くんの、同質的な特徴によっても暗示されている。作品の結末に登場する桐生くんは、大きなアトリエの中で、描き終えたばかりの絵にサインを入れている。その絵は彼からのプロポーズの印なのだ。おばあちゃんの家にも、同じような絵が掛けられている。当然のことながら、おばあちゃんと桐生くんが顔を合わせることはない。だが、四人は、おばあちゃん＝奈ノ花、おばあちゃんの友達の絵描きさん＝桐生くん、という観念連合によって強く結び合わされている。

おばあちゃんはくすくすと笑いました。まるで、桐生くんの顔を思い浮かべたみたいに。いいえ、でもおばあちゃんは桐生くんと会ったことがないはずだから、もしかすると、友達の絵描きさんのことを思い出しているのかもしれません。（227頁）

桐生くんの描いた絵、それは一輪の花の絵でした。鉛筆と絵の具で描かれたそれを見て、おばあちゃんは顔の皺を濃くしました。

「とっても、素敵だ」

「でしょう？　こんな絵を描けるのに、隠してるなんて。こういうのを宝の持ち腐れって言うんだわ。きっと桐生くんはもっと練習したら、おばあちゃんの友達と同じくらい凄い絵描きさんになるわよ」

「うふふ、私の友達は凄いよ？　でも、なっちゃんがそう言うなら、そうなるかもしれないね」

（229—230頁）

この他にも、奈ノ花とおばあちゃんの同質性＝同一性を仄めかす言述は幾つもちりばめられている。「もしかしたら、私にだってあったかもしれない。いやきっとあったの」、「友達が一人もいないってこと」（238頁）、「いいかい、人生とは」（243頁）といったおばあちゃんの言葉＝口癖。そして、奈ノ花とおばあちゃんだけではなく、いつも一緒にオセロをしていたアバズレさんとの結びつきを連想させる、「もう何もいらない。私のオセロの最後のマスには、なっちゃんっていう幸せが置かれた」（241頁）という言明、等々。

南さん、アバズレさん、そして、おばあちゃん。三人の夢人は、未来に向かって歩き始める奈ノ花に生きることの可能性――そこには無論、失敗や不幸も含まれる――を教え、常に優しく見守り続けるために、彼女に会いに来たのだ。

彼女たちが伝えようとしたこと

前作『君の膵臓をたべたい』と同様、『また、同じ夢を見ていた』は、人間の「関係」をめぐる物語だ。志賀春樹が自己完結的な存在であったのと同じように、奈ノ花もまた、周りの子どもたちとほとんど交流しない、かなり自己中心的な小学生だ。春樹の自己完結性は、山内桜良という、死の病を抱えながらも明るく振る舞う一人の女子高生によって解消され、「他者」との関係に導かれる。奈ノ花の場合、その「他者」の役割を担うのは、分身とも言うべき三人の女性たちである。彼女たちは皆、彼女の生の可能性を予表する内なる他者として立ち現われ、彼女を幸福な人間関係へと誘う。

三人の女性は、自らの生を顧みながら、奈ノ花に向かってほぼ同じことを伝える。最初は無愛想だった南さんが、涙しながら彼女に約束させるのは、うまく行かない両親との関係をよくすることだ（「いいから聞け。一つだけだ。今から帰ったら、絶対に親と仲直りをしろ」〔89頁〕）。アバズレさんは、クラスメイトとの関係を蔑ろにしようとする奈ノ花を優しく叱咤する。

「もう、私は、誰とも関わらずに生きていくわ」
「それは駄目」
「……」
「私みたいに、なっちゃうよ」
「……」
「だから、それだけは、駄目」（165―166頁）

「［……］お嬢ちゃんは、幸せにならなくちゃいけない。だから、誰とも関りを持たないなんて言っちゃ駄目だ」（170頁）

そして、おばあちゃんもまた、「どんな人生を送ってきたのか」（237頁）という奈ノ花の問いかけに対し、こう答える。それは、奈ノ花自身も気づくように、アバズレさんが奈ノ花に打ち明けたあの夢の少女――つまり、南さん、アバズレさん、そして奈ノ花――の生き方と酷似している。

「もしかしたら、私にだってあったかもしれない。いや、きっとあったの」

「……」

「友達が一人もいないってこと」

「……」

「誰の味方にもなってあげられなかったかもしれない、誰も愛せなかったかもしれない、人を傷つけていたかもしれない、誰にも優しく出来なかったかもしれない。でも、私は出来た。大切な人の味方になってあげられた。友人や家族を、愛した。誰かを傷つけることはあったかもしれない、でも、優しい人になろうと思うことが出来た。だから私の人生は幸せだった。もしかしたら、私にもあったかもしれない」

「……」

「謝ることも出来ないで、大切な人を失って、ひとりぼっちで自分を傷つけてしまうこと」

私は、南さんの目を思い出していました。

「……」

「自分が大嫌いで、自棄になって、あまつさえ人生を終わらそうと思ってしまうこと」

私はアバズレさんの手を思い出していました。（238頁）

桐生くんに謝りたいと思い彼の家に足を向けるとき、奈ノ花は既に、周りの人間たちと関係を築いていくことの大切さに気づき始めている。彼女は今、自分の中で、人とともに生きることの楽しさを実感しているのだ。

［……］一人で歌っても楽しいけど、やっぱり歌っていうのは誰かと一緒に歌った方が楽しいわ。だったら、一緒に歌ってくれる人を、見つけるしかないのです。（189頁）

皆違う。でも、皆同じ。

夢は「同」と「異」の混交した世界であると幾度か述べてきたが、それは、作品中で三度言及される「皆違う。でも、皆同じ」（128、177、245頁）という趣旨のアバズレさんの言葉に凝集されているように見える。彼女が伝えようとしたのは無論、もっと単純なことかもしれない（「お嬢ちゃんは子ども、私は大人、でも、二人ともオセロが好きだ」［129頁］）。だが、物語での人物設定を考えると、この矛盾めいた表現はさらに別の意味を帯びてくるように思われる。つまり、この言葉は奈ノ花と三人の女性たちの結びつき、より正確に言うなら、まさに彼らの「同」と「異」の関係性を表現していると想像されるのだ。繰り返し暗示され、示唆されるように、三人の女性たちは互いに限りなく似ている。そして、奈ノ花もまた、彼女たちと極めて相同的である。だが、それは彼女たち四人が完全に符合するということではない。「同」の関係として位置づけられているのは明白だが、そんな彼女たちにも、それぞれ「異」の部分が、さりげなく背負わされているのだ。それは、物語の随所に巧みにちりばめられている。

アバズレさんは、自分と奈ノ花の密接な相同性を繰り返し主張しながらも、ときにはこんな風に言う。「これは私の答えだ。だから、お嬢ちゃんの考えとは違うと思う」（162頁）。また、奈ノ花の方も、アバズレさんに常に賛同しているわけではない。彼女はアバズレさんの話を聞きながら、きっぱりとこう断言するからだ。「理由は、アバズレさんの幸せについての考えを、信じられなかったからです」（164頁）。三人の女性たちの違いも穏やかに示されている。「優しく、静かで、柔らかい。アバズレさんとも、南さんとも、もちろん私のとも違う大きな笑顔」（236頁）。そして、夢の物語の結末近くで示される、人生に対する奈ノ花の自信たっぷりな主張。そこでは、四人の女性たちの相同的、差異的な関係が明るく、力強く宣言されている。

> 私が彼女達のような素敵な大人になれているのかは分からないけれど、最近の私の顔は南さんにそっくりだった顔から、段々アバズレさんの顔に似てきています。何十年後かには、きっとおばあちゃんに似てくるのでしょう。
> だけれど、私の人生は誰のものとも違います。
> 誰のものとも違う、自分の幸せを選ぶことが出来るのです。（255―256頁）

作品の最終章も、「また、同じ夢を見ていた」（250頁）という言葉で始まる。この言葉は、僅か八頁の間に、リフレインのように五度繰り返されるが、今この夢を見ているのは、段々アバズレさんの顔に似てきた奈ノ花だ。目覚まし時計の音で目を覚ました彼女は、洗顔を終え、朝ご飯を食べながら、夢のことを考えている。足元には「居候である彼女」（251頁）、「ナー」と鳴く猫がいる。名前は「マーチ」。おばあちゃんが口にした「歩く」という言葉、そして夢の連れ合いと一緒に歌った水前寺清子の「三百六十五歩のマーチ」（「しっあわーせはー、あーるーいーてこーないー」）を呼び覚ます「歩く（March）」という意味の名前。でも、マーチもまた、夢の猫との差異を抱えている（「後姿はちょっと違うけど、彼女の所作はいつかの悪女を思い出させます」［254頁］）。

朝食を終えた奈ノ花は、隣の仕事部屋に移動する。大きめの机の上に置かれているのは、「ノートと鉛筆、目覚まし時計と小さなパソコン。本棚に、本達」（252頁）。彼女の仕事はどうやら物書きのようだ。夢の中で物語について語り合った、南さんと奈ノ花を思わせる職業である。

大きなアトリエの中。そこには大切な彼と並んで座る奈ノ花がいる。彼はキャンバスにサインを描き入れる。彼の名前は明示されていないが、明らかに画家になった桐生くんであろう（「「あなたを殺す」［Kill you］と聞こえる自分の名前」［257頁］）。彼は彼女にプロポーズする。はたして、彼女はそれにどう答えたのか。そして、彼女の人生はその後、どう展開したのか。それは、いつか南さんが教えてくれたように、「薔薇の下で」、つまりは「秘密」ということだ。

第３章

『よるのばけもの』

不思議は不思議のままで、不思議

『また、同じ夢を見ていた』でも、クラスメイトの荻原くんに対する「いじめ」が語られていたが（「無視、そういう名前の、この世界で一番頭が悪く、愚かな、いじめ」〔159頁〕）、第三作『よるのばけもの』では、まさにその「いじめ」を中心に、物語が展開する。

いじめの標的になっているのは、矢野さつきという奇妙な少女。どんな酷いことをされても、にんまりと笑顔を浮かべている彼女は、いつも句読点の位置を踏み外した、変な話し方（「なにし、てんの？」〔12頁〕）をする。別に頭が悪いわけではない。むしろ、その逆だ。周りの者たちからいかにおかしな奴と言われようと、彼女は常に、誠実な姿勢で人生を見つめ、生きている。いじめの標的である以上、まともに相手にしてくれるクラスメイトなど、一人もいない。教師もまた、見て見ぬ振りだ（「教室という空間で、クラスという空間で、仲間意識という空間で、教師や大人がどれだけ部外者かってこと。中にいる僕達が一番よく分かっていた」〔141頁〕）。

だが、彼女はある日偶然、誰もいないはずの夜の教室で、一人の「化け物」と遭遇する。「裂けた口と八つの目、そして六つの足、加えて四本の尻尾」（10頁）。それが化け物の紛れもない外観だ。実はこの化け物、学校と無関係な存在ではない。矢野と同じクラスの男子生徒、「あっちー」こと安達の変身した姿なのだ。安達は突然、夜になると化け物に変身する身になってしまった。こうして、夜の教室でいきなり顔を合わせた二人の関係が始まる。それは、人間と化け物の対面であると同時に、クラスでいじめの対象になっている矢野と、いじめる側にいる安達との対決でもある。無論、二人は昼間の学校でも顔を合わせざるをえない。いわば、敵同士なのだ。

『よるのばけもの』は、昼夜という二つの異質空間で繰り広げられる人対人——他者対他者——の関係および、その漸進的な変化の軌跡を物語る小説である。人は何故、自分と異質なものを排除するのか。「仲間意識」という閉ざされた精神状態のなかで、何故自分たちの行動を正当化し、たまたまいじめの対象になってしまった相手に、不条理な暴力を加えてしまうのか。昼と夜で姿を変える安達。いじめの世界（昼）と、それから解放された世界（夜）。二つの世界を往還する安達と矢野。確執と対話を重ねるなかで、二人はどのようにして互いの距離を確認し、いじめのない関係に向かってその一歩を踏み出すことができるのか。少しずつ読み進めていくことにしよう。

いじめの源流——仲間意識

矢野に対するいじめの理由は、すべて矢野自身のなかにあると、安達は考えている。それは二年生の中頃に矢野が取ったある行動が原因となっている。その頃の矢野は、皆に不躾な態度を取って、あしらわれるという毎日を過ごしていた。そしてある日、彼女は、自分からは積極的に話し掛けてこない緑川双葉の机に歩み寄ると、緑川の読んでいた本をいきなり取り上げ、窓から雨の日の中庭に投げ捨てたのだ。こうした矢野の行為は、たちまち、「矢野とクラスメイトとの基本的な距離」（49頁）、すなわち、「矢野たった一人を悪だとすることで生まれた、仲良くするための大義名分」（79頁）をクラス中に蔓延させることになる。一言で言うなら、「仲間意識」だ。クラスでいじめの対象にならないためには、この仲間意識＝大義名分だけは何があっても厳守しなければならない。一度それを破ってしまえば、二度と後戻りできないからだ。決して目立つ存在とは言えない安達も、そのことについては十分敏感に意識している。だから、内心では「もっと上手くやれば、いじめられることなんてないのに」（50頁）と思いながらも、矢野の側につくことだけは極力回避しなければならない（「矢野さんと喋ったり、ましてや間違ってても仲良く見えるような行動をとるなんてしちゃいけない」［20頁］）。もし一度でもその禁を犯してしまえば、自分もその瞬間から、仲間意識という大義名分の「外にはじき出されてしまう」（196頁）だろう。

それ故、いじめから身を守ることは、「良心」や「想像力」とは何の関係もない。クラスの仲間意識＝大義名分がいかに常軌を逸したものであっても、それについてはいっさい思考を差し挟んではならないからだ。「自分の見えている範囲以上のことを考える想像力なんて、生きていく上で無駄で、余計（よけい）だ」（199頁）。いじめをしている側は、自分が常に正しいことをしている、正義に加担していると思いこんでいる。悪いのは矢野ただ一人で、あとは皆仲良しだと考えているからだ。だが、こうした共同体意識は、ちょっとしたことでたちまちバランスを失う。それは、安達が好ましく感じていた井口という女生徒の、咄嗟の行動から引き起こされる。矢野がお手玉していた三色の消しゴムを落としたのだ。普通のクラスメイトであれば、気づいた者がそれを拾い、持ち主に差し出すという展開になるだろう。だが、落としたのが矢野ならば、話はまったく別になる。それを拾い相手に手渡すことは、クラスの仲間意識＝大義名分から完全に外れた行為として受け止められてしまうのだ。その危険性を瞬時に受け止めた安達は微かに声を上げてしまう。それが周りの注意を引きつける。「矢野を無視する癖がついていない」（56頁）心優しい井口は、「つい反射的にという様子で」（56頁）、消しゴムを拾い上げてしまう。狼狽した井口の手から勝手に消しゴムを奪い取った矢野は、「ありがと、うっ」

（56頁）と溌剌な謝意を口にしたあと、その場を去っていく。この後の展開がどうなるかは、容易く想像できるだろう。このエピソードは、生徒がいじめに巻き込まれる契機を簡潔明解に示しているので、その結末を確認しておくことにしよう。


井口が、どんな顔をしていたか分からない。

ただ、次の瞬間、彼女が発したか細い「違うの」という言葉が誰に向けられたものかはすぐに分かった。

井口と、それから矢野の背中の向こう、クラスの女子達が二人を見ていた。まるで、もう一匹、ゴキブリを見つけたというような目で。

［……］

大丈夫、だろうか。

俺のその、井口に対する心配は、残念ながら杞憂ではなかった。（57頁）

いじめの標的は最初から決まっているわけではない。ある共同体のなかで、周りの人間たちからの距離・差異を抱えてしまった者が標的としてマークされ、精神的・身体的な苦痛を科せられ続けるのだ。犠牲になるのは、当然、少数者だ。それは一人であったり、二人であったりする。標的のマーク付けは、井口のケースのように、突然訪れる。共同体の内部で村八分にされたら、もはや逃げ出す術はない。井口に好意をもつ安達であっても、彼女を救うことはできない。

だが、矢野は周りの悪意を助長する危険を冒して、井口をその窮状から救い出そうとする。大人にも教師にも思いつかない捨て身の行動だ。矢野は、ある日、皆の前で、突然井口の頬をビンタするのだ。

そこからは、なんともめちゃくちゃだった。
井口に持っていた鞄をぶつける矢野、「なにすんのー」と矢野を止めようとするさっきまで井口を避けていたはずの女子達、「……」それでも矢野は鞄をぱしっと弱々しく井口にぶつけ、朝練を終えてきた元田が「なんだなんだ」と面白そうに言い、そこに担任が入って来て怒号を響かせ、チャイムが鳴った。全員が引きはがされ、状況説明を求められても、矢野は何も言わなかった。代わりに周りの女子達が、矢野がいきなり井口に殴りかかったという説明をした。それはまったく正しく、誰も他の意見を言わなかったし、矢野も弁明のしようがなかっただろう無言だった。その代わり、何故か笑っていた。いつも通り、にんまり。(109頁)

矢野がにんまりと笑ったのは、頭がおかしいからではない。自分の究極の作戦が功を奏したことを確認したからだ。彼女が井口にビンタしたのは、嫌ったり憎んだりしているからではない。それとはまったく反対の感情が、彼女にそうさせたのだ。安達も含め、周りのクラスメイトは誰一人それに気づいていない(「俺はその顔を見て、怖い、と思った」[109頁])。説明を受けた担任もそうだ。結局、矢野の気持ちは誰からも理解されず、周りの少女たちの言い分だけが絶対的に「正しい」と認められたのだ。

矢野が井口に暴力を振るったのは、仲間意識＝大義名分の外部に追いやられた井口を、その内部に引き戻すためだ。彼女は、井口にビンタすることで、二人が別の境域の住人であることを強く印象づけようとした。井口は内、矢野は外。こうして、井口はまた共同体の一員としての日々を取り戻していくだろう。矢野の思惑は、彼女の行動を止めようとした女子たちの姿に敏感に反映されている。それは他ならぬ、「さっきまで井口を避けていたはずの」女子たちだったからである。

安達はその日の夜、教室で矢野と出会うが、昼間のごたごたについては、依然何も理解できないでいる。矢野の仕組んだ捨て身の戦略が、どうしてもうまく説明できないのだ。「お昼の話はし、ないで」（114頁）と、共同体内部での話題を避けようとする彼女に対し、安達は堪え切れず問い質す。


「じゃあ、なんで」

もう一度訊くと、矢野さんは唇を歪ませた。その顔は、小さな頃に見た大人の表情に似ていた。まるでわがままを言う子供に、困ってしまったというみたいな。

わざとらしく、大きなため息をつくと、矢野さんはその歪んだ唇を開いた。

「いぐっ、ちゃん無視され、なくなったでしょ」

「……」

彼女の言葉を、牙で噛み砕いた僕は、自分から訊いたくせに、言葉を用意することが出来なかった。まるで天変地異が起こったような、気分だった。（115頁）

安達は矢野の回答を聞き、考え抜かれた彼女の目論見に気づいた感もある。だが、それ以上深く追求しようとはしない。もしも自分の想像が当たっていたら、クラス内での立ち位置を完全に失う危険があるからだ。彼は、彼女を「自分達の想像もつかない思考回路で動く、おかしな人間」（118頁）と思い続けることで、彼女の言葉に含まれた明確な考えを無視しようとする（「僕は無理やり、首を振って思考を切った。そんなわけない」〔118頁〕）。

いじめには正当な論理など何もない。いじめている側も、いじめられている側も、それが不条理であることは、どこかで分かっているはずだ。分かっていながら、自分を防御するため、いじめる側についてしまう。根拠のない「正義感や悪意や仲間意識」（205頁）が蔓延するなかで、「地雷を踏まないように、一歩一歩、慎重に慎重を重ねて、でもその慎重さを気取られないように生きなきゃいけない」（197頁）のだ。いじめを回避するには、周りの人間たちとの間に、際立つ距離・差異を生じさせないこと。いつも「同じ」であること。それこそがすべてだ（「いつもと同じだ。いつもと同じようにしてさえいればいい。／いつもと、同じように、正しい行動を、とる」〔200頁〕）。いじめの根底には、人間の差異性を徹底的に抑圧しようとする「同」の原則＝掟が常に作動している。ここで「仲間意識」、「大義名分」と呼ばれているのは、まさにそうした原則に他ならない。人間の習性は、どんなところにも差異を見出してしまう。「違う」ということが、まるで許されない悪であるかのように。この先も、安達のクラスから、いじめが無くなることはないのかもしれない。共同体的な仲間意識とはそれほど強固なのだ。だが、結末で述べられる安達の言葉には、こうした「同」の原則を希釈し、「異」の論理に目をやろうとする志向性が託されているように見える。

皆が、それぞれ違う方向にずれているだけなのかもしれない。決まった立ち位置なんてどこにもないのかもしれない。
俺はそれに気がついてしまった。（245頁）

「昼」の領分──「俺」と矢野の世界

この小説は、物語の変わり目に現われる〈月・昼〉、〈金・夜〉といった表記により、「昼」と「夜」の世界に二分されている。「昼」の部分は、安達たちの学校生活を、「夜」の部分は、安達が化け物に変身する、夜の時間帯の出来事を描写している。語り形式にも技巧が施され、「昼」の場面では「俺」、「夜」の場面では「僕」という語り手（ともに安達）が語りを担っている。二つの世界は異質そのものであり、いじめの「同」と「異」の原則のように、相容れ合うことはない。いじめが起こるのは「昼」の世界であり、当然のことながら、人間も活動の時間もそこに多く集中している。学校で起こる主だった出来事は、矢野に対するいじめと言ってほぼ間違いない。彼女は来る日も来る日もクラスメイトたちから無視され、陰湿な悪戯、さらには軽い暴力を受けたりする。彼女はそれでも毎日、学校にやって来る。周りの仕打ちをほとんど気にせず、皆から無視されても、「おはよ、うっ」といういつもどおりの元気な挨拶をしながら教室に入って来る。その姿からは、一般的に想像されるいじめのイメージとは違う何かが感じ取れる。それは、クラスに受け入れてもらえない立場にありながら、落ち込んだり、人を恨んだりするといった様子を決して見せない彼女の強さである。だが、何をされてもめげないその強さ、そして独特の反応が、彼女を周りの者たちからますます異化する結果になる。彼女から立ち上る分からなさ、不思議さが、「同」の論理に縛られたクラスの共同体的な意識——すなわち、仲間意識——を助長し、彼女一人がぽつんと一人、異物として取り残されるのだ。

だから、仲間外れにされないためには、彼女との境界を常に築いておく必要がある。絶対に、彼女と話したり、付き合ったりしてはならないのだ。安達も当然、クラスの仲間意識から外れないよう最大限の注意を払いながら、学校での生活を送っている。「矢野に対する敵意で一丸となっているクラス」(80頁)の「大義」に抵触しないよう毎日を過ごし、彼女以外の者たちと一つになっているのだ(「教室でミスをしないよう、皆からずれないよう、今日から一週間、また注意を払って生活しなければならない」[195頁])。これは、安達にとって、実はあまり心地よい生き方ではない。「想像すると、汗がにじんでくるような気がした」(195頁)という言葉に、彼の本音は素直に現われている。それは、クラスの誰にとっても同じであろう。自分がいじめの標的にされないよう意を注ぎ、それぞれが「異」であることを抑圧しようとする仲間意識の世界は、画一的で閉鎖的な生き方を要求し、まさにそこで無用とされている「想像力」や「良心」の価値をゼロに引き下げてしまうからである。

安達にもそれはよく分かっている。だが、共通の仲間意識に支えられた状況にいったん立ち入ってしまうと、そこから逃れるのはほとんど不可能である。頭では理解していても、自分がその一員である共同体の「大義」を破るのは、極めて危険なのだ。だから、「昼」の領分においては、安達もまた、そうした大義を堅持しようとする。

いつもニヤニヤしながら、大きな声で余計なことを言う矢野は、クラスの誰からも返事を貰えないが、安達もまた、彼女に対しては徹底して無視の態度を決め込んでいる。雨の朝、傘を取られたと、彼女から声を掛けられた彼は、一瞬立ち止まるが、結局は冷たく無視し、その場を離れる。そして教室では、「あいつ昇降口のとこでずぶ濡れになってたよ」（78頁）と話し、皆の笑いを誘うのだ。「昼」の領分では、決して矢野の側についてはならない。彼女を無視し続けることこそが、唯一選択可能な振る舞い方だからだ。だから、気になる井口が矢野がらみの行動によって、いじめの対象とされたときも、安達はただ黙ってやり過ごすしかない。「矢野を手助けした井口をかばったという立場は、避けなければならなかった」（84頁）からだ。「皆、矢野さんにひどいことしてるのに、変だよね」（88頁）という、いたって健全な井口の問い掛けに対しても、ただただ「会話を打ち切（る）」（88頁）他ないのだ。

安達の考えによれば、いじめは三つのタイプに分類される。「一つ目は、これ見よがしに害を与え、それを面白がっているもの」、「二つ目は、敵意を明確にしてはいるが控えめで矢野が近づいて来た時にそれを表したり、地味な嫌がらせだけをしたりするもの」、「三つめは、矢野が悪いとは思っているけれど特に行動は起こさず無視だけを決め込んでいるもの」（81頁）。安達は、自分を三つ目のタイプとみなしている。だが、いじめは本人の意識とは別に、次第に加速化され、悪質化する。ある日教室に入ると、白い紙袋が安達の足元に転がってくる。状況はあの井口のときと同じだ。その表には『矢野　さつき』という名前が書かれている。その袋に入っていたのは、保健教師である能登の誕生日プレゼント用に、矢野が用意したものだ。安達の自己分析が正しければ、彼はそれを超然と無視したであろう。だが、皆の視線を浴びている状況では、もはや打つ手はない。彼は瞬時に考え、決断する。


俺は、その白い袋を、右足で踏みつけた。

ぐしゃりっ、と中のものが音をたてる。（201頁）

もちろん、その場にいた誰にだって、安達の行為が悪いことは分かっている。だが、共同体が醸し出す仲間意識はそれをすんなりと肯定する。つまり、それを「正しい行動」と裁定するのだ。

とはいえ、安達の心は大きく揺れ動く。それは、次節以下で詳しく述べるように、彼と矢野の間には「夜」という、二人だけしか知らない領分が存在するからだ。それはまさに、「昼」の領分の（非）論理を打ち砕く世界であり、他なるものたちの交流が輝かしく派手やかに展開される空間だと言えるだろう。プレゼントをめちゃくちゃにするという暴挙を犯した直後、安達の心を昂らせているのは、そうした「夜」の領分への思いに違いない。


なのに、重々承知しているはずなのに俺が、このクラス内の常識で自分の心を慰められないのには、心臓の鼓動がどんどんと加速していくのには、俺しか、俺と矢野しか知らないはずの事実が、正しさの邪魔をしてくるからだった。

全身が熱くなる、心のある部分が暴れまわっている。（202頁）

では、「昼」の領分から「夜」の領分へと舞台を移動させることにしよう。

「夜」の領分──「僕」と矢野さんの世界

「夜」は、途中で生じる侵入者たちとの格闘を除けば、矢野と安達の領分だ。だが、そこでの安達は人間ではなく、化け物に変身している。つまり、「昼」の教室における「他者」が矢野だとするなら、「夜」の教室での「他者」は明らかに安達の方なのだ。なにしろ、誰だか分からない化け物に身を変えているからだ。化け物に変身した安達は、教室に置き忘れた明日の時間割変更と宿題に関するプリントを手に入れるために、誰もいないはずの夜の教室に忍び込む。だが、そこには何故か矢野がいる。二人は互いにとって、まったく予期しなかった遭遇を果たすのだ。安達が驚くのは当然だが、彼女は異形の化け物にほとんど怯むことなく、「あっちー、くんだよ、ね」（15頁）と声を掛けてくる。焦った安達が最初に考えたのは、「昼」の領分で自分と彼女の間に保たれている「距離」だ（「このまま彼女を放っておいて、夜中に化け物の僕と会ったことを言いふらすようなことがあったら、誰も信じやしないにしても、彼女と僕の距離が崩れてしまうことはよくない」［16頁］）。夜間こっそり矢野と会い、話をしていることがクラスに知られたら、安達はその瞬間間違いなく、いじめの対象に身を落とすことになるからである。

だが、「夜」の矢野は「昼」の彼女からいささかもずれてはいない。ずれているのは、安達の方である。彼女は昼間のいじめにとりわけ言及することもなければ、安達に対して不平を漏らすこともない。彼女にとってはすべてが同じなのだ。つまり、「同」の論理に覆われた昼の世界で「異」として生きる彼女も、夜の世界で「異」である安達と顔を合わせている彼女も、彼女にとっては、本質的に何の違いもないということだ。

「私はどっちもな、いよ。どっちもな、い、昼も夜、も別にない。私はなん、にも違、くない。周りが違、うだけ。周りの時、間や人や物や雰囲、気が違、うだけで、私は昼も夜も一、緒。どっちも何、もない」（215頁）

この彼女の言葉は、「アイデンティティ」などといった用語に容易に還元することのできない、人間の自然で本質的な在り様を的確に言い表している。人間はいつどこに身を置いていても自分であり、周囲の環境や人間関係によって、その本質が簡単に変じられたり、損なわれたりすることはない。もしそうなるとすれば、自分の意に反して疎外され、「悪」や「負」の徴を背負わされるからだ。いじめはその最たる例だろう。

したがって、彼女は夜の教室でも、昼と同じように、屈託なく振る舞う。化け物の安達にも、にんまりした笑顔でごく普通に話しかけてくるし、その言葉遣いも昼間と同じである（「芝居がかっていて、癇（かん）に障ると言われるその動作は深夜でも、化け物の前でも変わらない」［15頁］）。それは、いかに奇異な存在――「他者」――を前にしても、決して怯まないこと、対等に接するということだ。

昼の教室では絶対に起こらない逆転が生じている。彼女の大きな目に覗き込まれ、自分が夜教室に来ていることを、お互い誰にも言わないという提案を突きつけられたとき、安達は、思わず「僕は、負けた」（17頁）と考えるのである。

安達は、化け物に変身することで、昼間の時間から完全に切り離された自己を見出している。しかし、彼の心は、昼の領分から完全に脱しているわけではない。夜の、矢野との短い交流の時間が過ぎてしまえば、始まるのはまたいつもどおりの、あの長い昼の時間だからである。安達にしてみれば、そもそも自分がなぜ突然化け物に変身するのかも分からないし、夜の時間が昼の時間とどう関係しているのかも定かではない。暴力のように我が身に降りかかった現象が、はたしてどういう性質のものであるのか、よく理解できないでいるのだ。だが、夜の教室で偶然出会った矢野は、昼の世界での彼をまるで違う人間（化け物？）に変えてしまう。昼の教室であれほど周りから嫌がらせを受けている彼女が、夜の教室では異形の化け物と心置きなく対話し、むしろ安達をリードしているのだ（「化け物の姿になっているというのに、こんな小さな女子に命令されるだなんて、一体全体、何がどうしたら急転直下にこんなことになる」［21頁］）。夜の世界にはいじめもなければ、何の上下関係もない。通常のイメージに従うなら、「昼」は明るい健全な時間帯、「夜」は暗い不穏な時間帯、ということになるのかもしれない。だが、ここでは、そうした常識的な表象化が逆転している。それは明らかに、矢野が化け物の安達に接する際の物腰と深く関係している。最初は一瞬驚くものの、彼女は化け物である彼を少しも恐れないし、むしろ積極的に付き合おうとしている。そして、昼の世界では決して想像できないことだが、彼もまた、彼女を無視することなく、素直に接しているのだ。夜の安達は昼の

「俺」とは対照的に、「僕」という呼称を用い、相手を「矢野さん」と呼んでいる。何が彼をそうさせるのか。学校では、いじめる側に与し、ときには理不尽な嫌がらせまでしている彼が、何故夜の教室では彼女と友好的に付き合い、対話を交わすことができるのか。逆説的ながら、それはおそらく、彼女が昼と変わらぬ態度で接してくるからであろう（「昼と変わらず、なんてマイペースな奴だ」［45頁］）。昼と夜で態度を変える自分に対し、彼女は相手が誰であっても、またどんな姿をしていても、区別なく話し掛けてくる。まるで友達みたいに（「彼女はまるで友達みたいな質問をしてきた」［45頁］）。これは、仲間意識に領された「同」の意識とは対極的な「同・異」の意識に他ならない。私はクラスでいじめられている女の子、そしてあなたは、夜になると化け物に変身してしまう男の子。そんな決定的な違いがあっても、二人は同じ問題や話題を共有し、互いの「異」を維持しながら、一緒に考えることができるのだ。

「……」分からないけど、矢野さんがそうじゃないと言うんならそうじゃないんだろう。納得したわけじゃなく、彼女なりの価値観なんだ。人にはそれぞれ独自の価値観があるけど、彼女には余計にあるんだと思う。それが彼女の現状を生み出した。だから、理解しようとしたって無駄なんだろう。

「でもそう、だねあっちー、くんの言、うことも一理、ある」

だから、彼女が僕の言葉を受け入れてくれたことは意外で、ありがたかった。（39—40頁）

ここで重要なのは、二人が積極的に言葉を交わし合っていることである。学校では周りに話し掛けようとしても無視され、誰からも話し掛けてもらえない彼女。だが、二人だけの夜の世界では思う存分話すことができる。そこにはもはや、いじめる者もいじめられる者もいない。化け物という異形が、二人の間の壁を切り崩し、そこにコミュニケーションを成立させるのだ。それは、それ以降も続くことになるだろう。彼と別れるとき、彼女は「また、明日も来てくれ、る？」（48頁）と聞く。来る気はないと考えた彼は、答えを保留するが、一言彼女にこう言う。「体育の後、蹴ったのごめん」（48頁）。これが肯定の答えの兆しであることは、容易く想像できるだろう。「言葉」という視点から考えると、おかしな分節化をする彼女の話し方もまた、昼の世界にいる者たちには異常と映るだろう。彼女はいわば、変な喋り方をする異質な「他者」なのだ。だが、化け物に変じた安達は、そんなことをまったく気にしない。互いに異質な二人の間で、昼には決して成立しないコミュニケーションが繰り広げられているのだ。

「他者」との優しい出会い

自分は一日何も変わらず、自分として自然に生きているだけなのに、クラスメイトたちからは、自分たちとは違う者としてマーキングされ、言葉を掛けてもらえない矢野。夜間に化け物に変身すると、目撃されることの不安から、人前に堂々と姿を現わすことができない安達。夜の教室で出会う二人は、人間と化け物の違いはあれ、いわば、自分たち以外に語る相手を持たない「他者」である。矢野は変な奴、受け入れられない「他者」としての立場に身を置かれ、化け物の安達は、まさに人間とは違う「化け物」という「他者」を抱え込んでいる。したがって、夜の教室で展開され、取り結ばれていくのは、ともに「他者」の位置にいる二人の関係であり、交流である。こうした関係・交流は、実は特殊なものではない。安達が化け物に変身するという状況は無論特殊だが、現代社会に生きる者たちにとっては、この種の「他者」関係はいつでも生じるであろうし、今後益々増え続けていくであろう。

こうした関係は、昼の世界では実現されない両者の「言葉」の遣り取りによって開始される。昼の領分では、決して言葉の遣り取りをしない矢野と安達が、夜の領分では、互いに言葉を交わし、「夜休み」の時間が終わるまで、豊かなコミュニケーションが繰り広げられるのだ。人は話をしなければ、言葉を重ねなければ、なかなか理解し合えない。矢野に言葉を掛けられない「昼」の世界では、彼女が何を考え、どうして自分とは違う行動を取るのかがよく分からない。彼女がいつもにんまりと笑っているのは、頭がおかしいからと決めつけ、それ以上踏み込んで考えることはない。教室でいじめられている者の心情や行動について、あれこれ詮索し思い悩む――想像を馳せる――ことは、仲間意識という大義名分に背を向け、自分たちの「他者」に関心を向ける行為として厳しく非難され、攻撃される。だから安達は、「昼」の自分と「夜」の自分の間で、矢野に対する「距離」をめぐって逡巡し、彼女に相矛盾した態度を示し続けることになる。

夜の安達は自由で率直だ。彼女の話に耳を傾け、自分の思うところを素直に言説化することができる。しかも、「矢野さん」という、昼には決して口にできない呼称によって。そこには、彼女の行動に対する承認と否認がバランスよく共存している。彼は、それまでは自分の対極にいる変な奴と考えてきた相手に、自分と同じ点があることに気づいたりもするのだ。

僕は言葉に詰まった。色んな理由があったけれど、特には、矢野さんに、行動に対するきちんとした考えがあって驚いたからだ。そうなら何故いつももっと考えて行動しないんだろうと思ったし、同時に、ノートに書かれていたような誹謗中傷は的外れだと、少しだけ思った。

もちろん、矢野さんを肯定する気は毛頭ないんだけど。

「……」

ジャンプ読んでるんだ、この人。いちいち自分と、こんな変な矢野さんに共通点があることに驚く。（68─69頁）

「人の言葉に耳を傾ける化け物」（75頁）は、こうして次第に彼女と同じ地平に立ち、対話できるようになっていく。独特な話し方をする彼女に苛立つことも最早ない（「苛立ちは、いつの間にかどこかに行ってしまった」［76頁］）。彼女が傘を取られた日の夜、安達は「傘なくなったって言ってたから、これ余ってた、あげる」（91頁）と言って、持っていた傘を彼女に放る。取り損ねた彼女はそれを顔にぶつけるが、「でもありがと、う」（91頁）と言って、ぺこりと頭を下げる。ここには、昼の安達とは完全に違う安達がいる。昼の安達は、この時点でもなお、矢野のいじめ側についているからだ。安達は今、相容れない二つの世界で、そのどちらにも着地できないまま、日々を過ごしているのだ。

安達にはどうしても彼女に伝えておきたいことがあった。それは井口に関することである。だが、矢野は最初から彼の伝えたいことを承知している。安達が話そうとしている井口のことについては、彼女もまたずっと好ましく思ってきたのだ。それだけではない。彼女は安達が井口に好意を抱いているることを理解し、それを心から嬉しく感じている。自分が無視され、いじめられている状況のなかでも、彼女は一人の女の子として、安達の井口に対する感情を称え、応援しているのだ。そこには、クラスからのいじめを超越した、矢野の純粋な心がある。

「あっちー、くん、はさ」

それから、ふっくらと、小さな花が咲くように、彼女は笑った。

「いぐっ、ちゃんが好、きなんだね」

「……」

「好き、な子のことをあの人って言、うのいいね」

「……」

「時間だ。あっちー、くんの大切、なあの人がいぐっ、ちゃんでよかった」（97―99頁）

矢野は、この夜、教室で別れるとき、「いい子が傷つ、くのはやだ、ね」（99頁）と安達に言う。この「いい子」とは無論、矢野自身のことではない。井口のことだ。日々教室でいじめられ、無視され続けている自分のことは一切顧みず、ただただ井口のことを心配しているのだ。これを聞いた安達には、昼間、矢野のいじめに加担している立場上、返す言葉がない。まさに、その「資格がなかったからだ」(99頁)。矢野が井口を窮境から救い出すため、彼女にビンタするのは、翌週の月曜日のことである。
矢野が井口に暴力を振るうのを見た安達は、それを不条理と感じ、矢野を非難するクラスメイトたちの意見に一旦は同意する。だが同時に、どこか納得できない自分がいることに気づかされる。それは間違いなく、彼が夜の教室で矢野と言葉を交わし、昼間の世界では現出・成立しない「異」の思考──「同」の仲間意識を相対化する思考──に心を開き始めているからだ。昼の安達には、まだ公然と口にする勇気はないが、工藤などのクラスメイトの非難に対し、徐々に釈然としないものを覚え始めている。

頷いてから良く考えてみると、実のところ、工藤の言っていることにあまりピンとこなかったのは、もちろん口に出さない。
［……］
確かに、暴力はいけないことだ。それには俺も心の中で頷く。だけど、物を汚した行為や壊した行為を、暴力よりも罪が軽いように皆が言っていることに納得するのはなかなか難しかった。(111頁)

矢野と安達の夜の対話は、その後さらに親密度を高めていく。だが、また夜が明けると、集団意識に支配された昼の領分が、夜の領分の穏やかで親密な空気を消し去り、安達をクラスメイトの側に押しやってしまう。周りの者たちがいかに不条理で理不尽な挙動を繰り返しても、それに対し、公然と「否」を突きつけることができないのだ。「夜の僕は、きっと無敵だ」（171頁）と張り切る安達も、夜の世界を離れる頃には、そうした自信を維持できず、「僕は矢野さん派じゃない」（186頁）と、つい逃げ腰になってしまう。その後の行動はいつもとまったく同じだ。元気に挨拶をしてくれた矢野に対し、彼は昼向きの態度を取り続けるのだ。

俺はいつもと同じみたいに、もちろん無視する。矢野の顔なんて見ない。
工藤も、もちろん無視した。当然だ。それが俺達のクラスが向いている方向なんだから。（186頁）

夜の世界では矢野と心置きなく会話し、別れるときには背後から優しく見守る安達も、結局は、矢野の側に移り住むことができない。化け物の住む夜は、あくまでも日の当たらない影の領分に過ぎず、日常生活における行為の大半は、いじめも含め、昼間執り行われるからである。では、安達は何故化け物に変じたのか。その理由は誰にも分からない。だが、化け物に変身した安達が、以前の自分とは違う何かを手にしていることは確実に見て取れる。それはたぶん、自分とは違う者、夜の世界でしか安らぎを得られず、毎日「地獄の始まりのような朝」（208頁）を迎えざるをえない者に対する、言い知れぬ同情と共感のようなものだ。化け物の安達は最後の決定的な行動に打って出る。

異質なものの方へ

　安達は、決定的な一歩を踏み出す前日の夜、能登先生へのプレゼントを台無しにしてしまったことを詫びるため、夜の教室に赴く。昼の世界では絶対に謝れないと考えたからだ。矢野は昼間の彼の暴挙については何も触れず、いつものように明るく話し掛けてくる。彼が意を決して「ごめん」と言うと、彼女は「お昼のこ、とを謝ら、ないで、よ」（219頁）と答える。安達が昼間、クラスの大義名分に従わなければ、自分と同じ立場に追い遣られることを承知しているからだ。彼女は付け加える。「あっちー、くん、は、怖くない、よ」（220頁）、「あっちー、くんは見、てくれるか、ら」（221頁）。この彼女の言葉には、化け物という異形に変身した安達を少しも恐れていないだけではなく、無視せずにいつもちゃんと自分を見てくれることに感謝する気持ちが溢れている。彼女はさらにこう問いかける。「怖がって、ほし、いの？」（221頁）。その質問に、彼は返事を返せない。あまりにも、図星だったからだ。「あっちー、くんは私が怖、い？」（224頁）。彼女はさらに切り込んでくる。安達が頷くと、彼女は嫌そうな顔をする。彼が頷いたのは、彼女が何を考え、何をしでかすか分からない変わった女の子だからだ。だが、この場面に先立つ彼女の言葉が既に、二人の相同性――つまり、二人が互いに変な人間同士であること――を的確に言い当てている。「あっちー、くんの方が変じゃ、ん」、「屋上で私の、こと変って言、ったの返し、てよ、いひ、ひ」（222頁）。彼女が恐れているのは、接する相手が理解できない人間だということではない。彼女が何よりも恐れ、悲しんでいるのは、「僕［安達］に怖がられていること」（227頁）だ。相手が自分と違う存在であることには、別段何の問題もない。

むしろそれが自然だろう。しかし、相手から恐れられるのは悲しい。相手に恐怖を抱かせた瞬間、コミュニケーションは途絶え、交流の可能性が無くなるからだ。

「同」のなかで「異」であること。それは、クラスのような共同体のなかでは、なかなか難しいことかもしれない。だから、「昼の姿と夜の姿、どっちが本、当？」（214頁）という矢野の問い掛けは、安達にとって真に重要な意味を帯びることになる。そして、彼は気づくのだ。昼と夜を使い分け、双方の世界でいい顔をしている自分自身の姿に。「分かったことは、僕が、矢野さんを積極的にいじめてる奴らよりよっぽどひどい生き物だってことだ」（229頁）。矢野としては、「夜の僕［安達］こそが本当の僕だ」（228頁）と信じたいのだ。だが、安達は自分を「同」の側に置き続け、常に周りの空気から外れまいと意識している。矢野はそれでもなお、化け物の安達を恐れず、夜の教室で待っていてくれる。それは、「昼・同」の世界の彼に、それとはまるで異なる彼――「夜・異」の世界の彼――が潜んでいることを感じ、それを固く信じているからに相違ない（「その全てじゃなくても、その人のどこかを信じられる人。／きっと矢野さんは、信じてくれているんだろう、僕を」［228頁］）。自分の卑怯な生き方に煩悶する安達は、結局朝まで考え続ける、「化け物って、本当はなんのことだ」（230頁）と。本当の「化け物」とは、誰からも恐れられるおぞましい生き物のことではなく、「同」の世界に拘泥し、矢野のような「異」の世界の住人に目を塞いできた安達自身のことだったのだ。彼が化け物に変身した意味は、彼が最後に辿り着いたそうした意識の目覚めにあったのかもしれない。それはすべて、矢野という少女が、異形の存在を恐れず、真摯に付き合ってくれたことから導き出されたことだ。

矢野さんはきっと、今夜僕を待っていた。
夜休みに付き合ってくれる僕を。
夜の時間だけでも、友達のような僕を。
彼女の何かを見ているんだという僕を。
化け物の、僕を。
こんな、恐ろしい姿の僕を、待っていた。
騙されているんだ。
僕というひどい生き物に。（229―230頁）

矢野は人語を話すどんな化け物と対面しても、ほとんど狼狽することなく、対話を交わせる女の子であろう。変なところで区切る話し方もそのままに。それは、彼女が自分と異なるもの――「他者」――と、互いの差異を維持しながら交流することのできる、稀有な存在だからだ。だが、そんな彼女故、「同」の仲間意識で結ばれた共同体からは、必ずつまはじきされる。安達が述懐するように、「俺達は、敏感だ。／大人達が思っているよりずっと耳ざとく目ざとい。だから自分より弱いものや悪いものにすぐに気がつく。異質なものをすぐに見つける」（239頁、強調は引用者）というわけだ。矢野は自分と周りの人たちが、異質であることを当然と考えていて、互いに分からない存在であることをマイナスと捉えてはいない。ある意味で、人は皆、一人ひとり違う存在であり、そこにこそ、人と人が寄り添って生きていく可能性が開かれるのだ。安達から、「……分からないから」（224頁）彼女を恐れていると聞かされた彼女は、すかさず次のように尋ね返す。


「何、が？」

「……」

「自分と違いすぎて、矢野さんの考えてることが分からないから」

「……」

「えー違、うに決まっ、てるくない？」

矢野さんのその言い方は、馬鹿にしたようではなかった。

「考え、てることなんて分からなく、な、い？」

矢野さんは本当に、僕の考えてることも言ってることもまるで分からないというように眉間にしわを寄せた。その顔だ。分からないということをまるで隠そうとしないその顔が、怖い。

「それならあっちー、くん誰と一緒な、の？」

「……」

「私もあっちー、くん、もその子、違それぞれも違、うよ。違うことは当た、り前だよ。だから考え、てることなんて分、かるはずない」（224―226頁）

彼女のこの主張には、分かり合っていることを前提に生み出される仲間意識のようなものを疑念視し、各自がそれぞれの差異──「他者性」──を抱えたまま、多様で自然な関係を築いていくためのヒントのようなものが隠されている。

火曜日の朝を迎えた安達は、重い頭と気だるい身体を引きずり、登校する。それは、それまでの昼の自分と決別する選択の日だった。教室の席に座っていると、「おはよ、う」という、いつものずれた声が聞こえてきた。矢野はにんまりと笑っていた。もちろん、誰一人返事を返す者はいない。すると、彼女のようなずれた返事が、その時ふいに安達の口から発せられる。

「おはよ、う」
その声は、教室にいる皆の隙間を縫うようにして、響いた。
イントネーションが変で、声の震えた、おかしな挨拶だった。（239頁）

その場にいた者たちには、誰が誰に向けてそれを発したのか、瞬時には分からなかった。だが、しっかりと自分を見つめる彼女を見た時、彼は再び口を動かし、今度は普通の口調で「おはよう」（240頁）と挨拶を返すのだ。彼女はそんな彼に向かって、笑顔を浮かべながら、大きな声で「やっと、会えたね」（241頁）と言う。「同」の領分のなかで、「異」と「異」が優しい遭遇を果たす決定的な瞬間だ。

しかし、「同」の領分はそれほど甘いものではない。安達のこの行動は、「仲間意識への裏切り」、「矢野派への寝返り」（241頁）と捉えられてしまうからだ。予想どおり、工藤はいつか井口を見ていた目で、すかさず彼を睨みつけてくる。もう後戻りはできない。翌日からは確実にいじめの対象にされるだろう。だが、「彼女の言う通りだった。／やっと、会えたんだ」（244頁）という安達の気持ちには、潔さと同時に、一種の清々しささえ感じられる。本文の後に添えられた一文には、そんな彼の感慨が心地よいほど素直に滲み出ている。

この日の夜、久しぶりにぐっすりと眠ることが出来た。

不思議は不思議のままで、不思議

安達には一度困惑したことがある。夜がやって来ても、その日に限ってなかなか身体が変身してくれないのだ。彼には、そもそも何故自分が化け物に姿を変えることになったのかさえ分からないのだから、その瞬間が来るのを信じて、ただ待つしかない。結局、変身の時は唐突に訪れる。彼はこの時の自分の心境を、「不思議は不思議のままで、不思議」（151頁）と述べているが、この表現は、人が自分自身さえ制御できない存在、理解できない部分を抱え込んだ存在であることを、見事に示唆していると思われる。安達は「不思議のままで、分からないままで、いいのか」（152頁）と自問するが、その不思議さはたぶん、彼も含め、誰にも分かることはないだろう。人は、異質で理解できないものを——すなわち、不思議なもの——を、何とかして「（同）一性」の枠内に閉じ込めようとする。そして、それが叶わない時、その異質なものを機械的・暴力的に「同」のシステムの外部に締め出そうとする。分からないものが自分自身、つまり「内なる他者」であるなら、そういうものとして納得し、生きて行くことも可能だろう。だが、それが自分とは違う外的他者の場合、執拗に距離を取ったり、無視したり、いじめたりする。

人は一人ひとり皆違い、皆違う「不思議さ」を背負って生きている。それが人というものの本来の姿ではないのか。「不思議は不思議のままで、不思議」。それでいいのだ。この小説の結末は、この先もまだ、クラスのいじめが続いていくことを暗示している。「同」の原理に閉ざされた現代人が、その束縛から脱することは限りなく困難だろう。だが、矢野と安達の掛け替えのない交流──「異」のなかでの「異」と「異」の出会い──が、『よるのばけもの』というこの稀有な小説に、一条の希望の光を投げ与えている。

第４章

『か「」く「」し「」ご「」と「』

記号は見えるのに、……

小説『か「」く「」し「」ご「」と「』の舞台は、男女共学の高等学校。前作『よるのばけもの』は、陰湿な「いじめ」に纏わる物語だったが、この小説には、そうした雰囲気はまったくない。人間関係はむしろ良好。主な登場人物は五人。男子二人、女子三人。腰帯のイラスト付きの紹介では、それぞれ以下のように紹介されている。


京くん（大塚・男）……地味な自分に引け目を感じている。気になるのに、言い出せないことも。

ヅカ（高崎・男）……体育会系で明るい長身の「王子様」。皆に好かれるクラスの人気者。

ミッキー（三木・女）……ヒロインよりヒーローになりたい。必殺技は飛び蹴り。

エル（宮里・女）……内気で控えめ。裁縫が得意。ある日突然、不登校に。

パラ（黒田・女）……パッパラパーで予測不能。ふざけているようで実は本気？


中学と高校という違いはあるが、この物語もまた、学校という共同体で繰り広げられるという点では、前作と同じ設定である。五人の主役たちは、見たところ皆仲良しと思われる。だが、彼らが仲間の心情を互いによく理解しているかというと、決してそうではない。個性の異なる彼らは、相手とのコミュニケーションを上手く遂行しようとしながら行動し、言葉を交わし合う。しかし、それはなかなか思うようにいかない。よく纏ったクラスの、非常に親しい級友たち。十全なコミュニケーションを交わし得ると思えるそんな彼らの関係も、複雑な思惑や気遣いにより、様々な誤解や行き違いを引き起こす結果になる。ここにもまた、「同」のなかの「異」というテーマが立ち現われる。この物語は、人と人の関係を「コミュニケーション」の問題、すなわち、「理解できる」という視点からではなく、むしろ「ディスコミュニケーション」の問題、すなわち、「理解できない」という視点から提起したものと言えるだろう。随所に数多くちりばめられた「意味が分からない」、「まるで理解できない」といった類の表現は、この小説が身近な「他者」の孕む異質性を前景化し、コミュニケーションの営為を、ディスコミュニケーションという背理の側から照射しようとしたものであることを示している。この物語は、互いの気持ちを首尾よく伝え合うことに失敗し続ける物語なのだ。

記号を読むことの不可能性

思春期の高校生たちの話なら、そこに恋愛の問題が絡んでくるのは自然であろう。この五人の登場人物の間でも、恋愛は大きなテーマとして浮上してくる。ケースは様々だが、概して言うなら、それはどこか込み入っていて、分かりにくい。誰のどんな気持ちが、誰に対して向けられているのか、それがどうも判然としないのだ。恋の話となれば、自分の気持ちを相手に対して分かりやすく伝える場面もあるはずだが、この物語には、そうした意思を表立って表明する場面はほとんど存在しない。思いを伝えるのも一つのコミュニケーションの在り方だが、ここにはそれがないのである。ほとんど誰一人、「告白」しようとしない。現代風に言うなら、誰も真剣に「告る」ことがないのだ。

しかし、そんな彼らには、それぞれ特殊な能力が与えられている。周りの人たちが味わっている気持ちや、感じ取っている雰囲気を、その人たちの頭上に浮かぶ「記号」によって感知することができる（?）のだ。彼らに見える記号は皆違う。京くんは「!」や「?」、ミッキーは「／」や「＊」、パラは「1」や「2」、ヅカは「♠」や「♡」、そしてエルは「↑」や「↓」。

指示対象を指し示す記号は、本来それと正確に符合するはずだが、彼らに見える記号は、往々にして、ずれを生み出す。つまり、「シニフィアン」と「シニフィエ」の不一致を到来させるのだ。「ヅカの頭上にハテナが浮かぶ。彼は感情に正直で、きちんと言動と記号が一致している」（18頁）という京くんの指摘は一見正しそうに見えるが、常にそうとは限らない。人の感情の意味が、記号に忠実に反映される保証など、どこにも存在しないのだ。だが、それは別段不思議なことではないだろう。人は記号の意味に忠実に自己を合わせながら生きているわけではない。人はロボットではないのだ。頭上の記号がある時は心を正確に映し出し、ある時はそれを裏切る。それが人間という生き物の真の姿であろう。ほぼ毎日顔を合わせ、お喋りをする高校生たちの間にさえ、コミュニケーションの行き違いは付きまとう。それは、互いの関係がいかに緊密であっても生じる。大仰に言えば、人はディスコミュニケーションの契機と常に直面しながらコミュニケーションを遂行し、他者との関係を築き上げているのだ。相手の頭上に浮かぶ記号をはっきり見定めることができても、その記号を正確に読むことができているかどうかは分からない。頻出する「意味がわからない」、「まるで理解できない」という思いは、この物語がディスコミュニケーションの圏域に深くとらわれたものであることを雄弁に証立てている。「かくしごと」とは、記号と指示対象の間に潜む不分明なもの、隠そうと意図せず隠してしまうもの、隠そうとして明るみに出してしまうもの、そうしたコミュニケーションに纏わる、幾つもの不整合を示唆する言葉ではないだろうか。ではさっそく、五人の主役たちの言明と行動を見ていくことにしよう。

京くん（大塚）

身長や外見に自信が持てず、常に目立たず振る舞っている京くんだが、そんな彼にも一つだけはっきりしていることがある。それは自由奔放で活発なミッキーに対する思いである。彼の気持ちは誰よりも真剣だが、決してそれをアピールしようとしない。「僕は今の好きでも嫌いでもない男子の座を守り抜きたい。もちろん本当は、嘘だけれど」（11頁）という彼の気持ちには、遠慮と情熱の間で逡巡する心の様がよく現われている。自分の正直な気持ちを人に知られてはならない。しかし、いつもミッキーのことを強く意識している。そうした彼の姿勢は、大きな葛藤を抱えながらも、周りの級友たちに意識されることはない。彼の正直な気持ちは、心の中だけに止められ、外的な行動として示されることはないのだ。

だが、そんな彼にも心の油断はある。「ミッキー、彼氏なんていねえぞ」（29頁）というヅカの言葉に「えっ！」と思わず反応したことで、彼女への気持ちを知られてしまうのだ。とはいえ、そこから京くんとミッキーの関係が新たな展開を示すことはない。ヅカもそのことを周りに漏らしたりはしない。情報は二人の間で温存されたまま、物語は進んでいくのだ。

京くんと仲間たちの関係を最も分かりやすく——ある意味では、最も分かりにくく——描き出しているのは、「シャンプー」をめぐるエピソードであろう。彼はある日、隣に座るエル（宮里）に向かって、「宮里さんが使ってるシャンプーって、ビリアン？」、「中学生の頃流行ったよね、匂い好きだったな」（46頁）と言ってしまう。彼は、そのとき彼女の頭上に浮かんだ特大のビックリマークを「嬉しさ」と勘違いするが、その後現われた多くの記号は、「困惑、不快、混乱、動揺」（46頁）を表していた。エルはその後しばらくして、不登校になってしまう。パラの知恵を借り、早速画策を巡らすのはミッキーである。彼女はエルと同じように、磨かれた真っ白いスニーカーを履き、変えたシャンプーの匂いをさせて登校すると、京くんのいるところで、わざとヅカに話し掛ける。「ねえ、ヅカ、私、なんか変わったと思わない？」（14頁）。ヅカは何度言われても、気づいた様子をみせない。だが、京くんは気が気ではない。ミッキーに彼氏ができたのではないかと、その都度不安になるのだ。ミッキーの策略はさらに続く。図書室で目を覚ました京くんは、隣の席で彼女が寝ていることに気づく。眠そうに目をこすった彼女は、伝えたいことがあると宣言し、真剣そうにこう言う。「ヅカに、いや、大塚くんに伝え……といて。そんなんじゃ女の子も逃げるよって」（27頁）。この言葉には、彼女の真意がよく現われている。自分がシャンプーを変えたことをアピールしているのはヅカではなく、実は京くんであることを。つまり、ヅカは出しに使われたのだ。だが、それは無論、京くんに愛を告白しているわけではない。京くんの意識をエルに向けようとしているのだ。ミッキーのシャンプーの匂いから、彼がもしもエルのことに話を向けたら、彼が彼女を嫌っていない証拠になると考えていたのだ。彼女の作戦は見事に成功し、彼の告白は無残に失敗する。

たった一言言えばいいだけだった。

三木さんのことが……。

「み、み、み」

「……うん、何？」

「み…………宮里さんも同じシャンプー使ってるよね？」（43頁）

作戦は成功したものの、エルが彼を避けることになった真の理由に、おそらくミッキーは気づいていない。「からかわれてると思った」（49頁）というエルの告白を聞いた彼女は、「何か、宮里ちゃんがからかわれたって思った心当たりあるの？」（49頁）と問い質すからだ。ミッキーには、エルの答えを読み解くことができない。ただ、京くんだけは、それを読み取っていたのかもしれない。彼は自分が、エルと相同的な立場にいると思っていたからだ。彼は既にこう述べていた。「だって、僕達みたいなのは、いけてる子と一緒のものを身につけるのが恥ずかしかったりする、卑屈な生き物だから」（14頁）。彼は彼女と自身を重ね合わせることで、一つの結論を導き出す。

本当は、一つ、思いつく節があった。でもそれは、きっと僕や、宮里さんのような人にしか分からない感覚で、別にヅカや三木さんが悪いわけじゃないけど彼らには分からない感覚で、

「……」

宮里さんは、きっと僕がいけてる子達と同じものを身につけるのを恥ずかしがるように、そ

ういう子達と同じシャンプーを使っていることに後ろめたい気持ちがあって、からかわれていると思ったのだろう。（49頁）

こうした結論が正確であるかどうかは分からない。だが、ミッキーと京くんは、エルの気持ちをまったく異なる方向から読み解こうとすることで、一人の不登校の少女を救ったのだ。

親友であるはずの京くんとヅカの間にも、ミッキーの絡んだ釈然としない関係が存在する。ミッキーとヅカの垣根のない遣り取りを目撃している京くんは、「ミッキー、彼氏なんていねえぞ」（29頁）というヅカの言葉に歓喜し、彼女への思いを知られた後でも、二人の関係を想像し、そこに恋の記号・兆候を読み取ろうとする。それは、二人が京くんにとって読解不能な存在であることを意味している。京くんがいつまでも二人の関係に拘り、それを疑い続けるのはそのためだ。ヅカに似合うのは、彼と同じように、明るく、見栄えのする女の子だと思っている彼は、思わずその相手を想像する。「例えば、うちのクラスで言うなら」（14頁）。この後に想像されているのがミッキーであることは、ほとんど間違いないだろう。彼女のことを話す時、ヅカの頭上に浮かぶ句点（。）から京くんが読み取るのは、「完全に三木さんを受け入れている証拠」（15頁）だし、CD屋さんで思わずミッキーと顔を合わせた時、彼が口にするのはヅカの名前だ（「く、黒田さんと約束？　それとも、ヅカ、とか」［40頁］）。京くんの不安が頂点に達するのは、彼とミッキー、そしてそこにエルを加えた三人が遣り取りする、「京くんの章」の最終場面であろう。

「ヅカと仲良いよね」

「まあ、同じ部活だったからねぇ。腐れ縁みたいな」

「あ、恋人じゃないんだ。てっきり」

小さく控えめで慎ましやかでお淑やかな声、その一言を聞いた三木さんが、爆発した。

本来、そんなことを言われたら騒ぎ立ててヅカへの罵詈雑言（ばりぞうごん）をはきそうな三木さんは、顔を真っ赤にして俯（うつむ）き、ぼそりと「んなわけないじゃん」と漏らした。

もはやそれは頭上の記号を見るまでもなく、どういう意味なのか、僕に分からせた。（55頁）

京くんが、顔を真っ赤にして俯いた彼女に、ヅカへの気持ちを読み取ったことは確かだが、それが何を意味しているのかは、よく分からない。彼に向かってガッツポーズをしたエルも、彼女の仕草にある理由を感じ取っている。だが、それが何であるのかは、やはり判然としない。ミッキーとヅカ。この明るく、華のある二人の言動が、どれだけ一致し、どれだけ異なっているのかは、彼らの関係を密かに疑っている京くんにも、実はよく分からないのだ。彼が言うように、ヅカ、そしておそらくミッキーのような人は、「きちんと言動と記号が一致している」のかもしれない。だが、一致しているはずの言動と記号は、なかなか思うように寄り添ってはくれない。京くん、ミッキー、そしてヅカは、シニフィアンとシニフィエの戯れのなかで、互いの関係を築き、それを良好に維持しているのだ。

ミッキー（三木）

五人の登場人物のなかで最も裏心がなく純真なのは、たぶんミッキーだろう。「人が最も悩むのは人間関係」（59頁）なのに、彼女にとっては「人間関係なんて簡単だ」（59頁）し、「大抵嬉しいことしかない」（60頁）からだ。だが、人間関係が良好であることと、互いに理解し合っていることは、必ずしも同じではない。ミッキーは周りの人たちを幸せな気分にさせるが、その人たちから発せられる記号を、ことごとく読み違えるからだ。

彼女が読み違えるのは、とりわけパラと二人の男子――京くんとヅカ――が発する記号である。理由は後に明らかになるが、彼女は、パラがノーブラの胸をヅカに押しつけるような仕草を、意味が分からないまま、誘惑の記号として受け止める（「パラがこっちを向いてへったくそなウインクをしていた気がする。なんだあれは、ヅカは私が貰う的なあれか?」［76頁］）。納得のいかない彼女が後に改めてパラに問い質すと、「ノーブラはミスリードのつもりだったんだよ。胸押しつけたのは、ほら、私、やれることはなんでもやっとこう派だから」（103頁）と、したり顔で返される。もちろん、相手をミスリードするような感覚を持ち合わせていない彼女には、その返事がまるで理解できない（「言ってることの意味をよく考えてみたけどよくわからなかった」［103頁］）。

ヅカの発する記号を読み違えるのは、そもそも、彼の「心のバーが微動だにしない」（65頁）からだ。読み違えると言うよりも、読めないのだ。彼は、たとえどのような言葉で応じても、内的な心情を可視的な記号として外部に晒したりはしない。つまり、読みようがないのだ。

京くんの反応はヅカのそれと対照的である。彼の心のバーは、彼女の言動に合わせ、シーソーのように大揺れする。それは無論、彼女に並々ならぬ思いを寄せているからだ。彼女は彼の気持ちに気づかない。気づきそうな契機はあるのだが、記号表現（シニフィアン）と記号内容（シニフィエ）が、なかなか一致しないのだ。

ほら。あんまりに動いてるから最初は、ははーんさては私のこと好きなのか、もてる女は罪だねなんて思ってたけど、多分違う。だって、私のことを好きなら、話した時バーはプラスの方に揺れるはずでしょ？　彼のバーはマイナスの方にも傾いているから、きっと私のことが苦手で動揺してるだけだ。それを自分に恋してるって思うなんて。自意識過剰。正直恥ずい。まあいい、今後は彼のバーがマイナスに傾かないようにもっと馴れ馴れしくしなくちゃ。（66頁）

記号の読解はもう少しというところまで行くのだが、そこから敢え無く逸れてしまう。自分を「師匠」と呼ばせている京くんにパラが鎌をかけても、ミッキーにはその意味が読み取れない。ヅカと同じく、京くんのミッキーに対する気持ちを知っているパラは、ミッキーにも仕掛けてくる。だが、彼女にはまったく通じない。

「いやー、京は女の子好きでしょー。男の子っぽい部分もちゃんとあるし」
後ろから追いついてきたパラが出しぬけにそんなことを言った。パラもやっぱり京くんとエルが良い感じだと思ってるのかな。

「我が弟子には、あとはもうちょっとの勇気を持ってもらいたいものだ」

「ははっ、なーにを、偉そうに」（78頁）

京くんの気持ちをまったく読むことができないミッキーは、京くんとエルが互いに惹かれ合っていると、本気で信じているのだ。パラは京くんとミッキーを、あれこれ手を尽くして結びつけようとするのだが、そんな彼女の策略・努力は決して実を結ぶことはない。ヒーローショーの舞台に出るとき、ミッキーの左手を握り、それを京くんの手と思わせるよう画策したパラが、その後真実を打ち明けても、ミッキーは「もしかして、京くんが私のこと苦手なの克服させようとしてくれたの？」（102頁）と、的外れな質問を返してくる。彼女はパラの仕組んだ計画のいわば完全に外側にいる。コミュニケーションは、まさに不全状態を来たしていると言えよう。遣り取りは、以下のように続くからである。


パラは無表情のまま、相槌をうった。

「そんなとこかな」

「あれ、それなら別に直接握らせればよくない？」

「んなことしたら劇どころじゃなくなるよ」

「意味分かんない」

首をかしげると、パラはニヤッと笑った。

「どうもね、真っすぐな想いってのは応援したくなるんだな」（102―103頁）

ここまで来ると、策謀家のパラも、さすがに笑わざるを得ない。ミッキーには、恋の記号を感知し解読するセンスが、思わず笑ってしまうほど、そなわっていないからだ。

だが、こうした彼女の反応は、パラの感情を決してマイナス方向に追いやることはない。二人の間に生成されるコミュニケーションの不全──ディスコミュニケーション──は、対立や軽蔑といった心情をもたらすのではなく、互いに対する信頼や思いやりの気持ちへと、彼女らを導くからである。「ヒーローはパラだったね」というミッキーの褒め言葉に、パラは「三木ちゃんだよ」（104頁）と答える。二人は心の底から理解し合っているのだ。

パラ（黒田）

心の記号を読み解く側からすると最も困難を感じさせるのは、おそらくパラかもしれない。腰帯の紹介にもあったように、「予測不能。ふざけているようで実は本気？」だからだ。ミッキーが目撃する彼女のバー記号はいつもくるくると回っているし、その言動の意味も皆から十全に理解されることはない。だが、それは彼女が知性を欠いたパッパラパーだからではない。むしろ、その逆だ。彼女は誰よりも周りを気遣うことができるし、自身の内面に向けて深い考察を展開することもできる。ある意味では、最も思索的・哲学的な女の子だ。

彼女が読者に表明する気持ちのなかで極めて予想外なのは、ヅカに対する特殊な嫌悪感だ。彼は彼女にとって、「気に入らないクラスメイト代表」（108頁）なのだ。だが、彼女はその気持ちを外に向かって、あからさまに示すことはない。外に向けては、むしろ逆方向の意味を込めた記号・メッセージを振りまいているのだ。


［……］私は横に並んだ彼に半歩体を近づけ、腕をすり寄せた。

単純なボディータッチもさることながら、ここ数ヶ月、私は彼が好きだと公言しているシャンプーを使っているので、その匂いが彼の嗅覚を刺激することを狙った。更には、男というものは背の小さな女の子を好むという事実から、彼との身長差を意識させることも視野に入れた行動だった。（108頁）

つまり、彼女の行動——記号表現（シニフィアン）——は、彼女の意図——記号内容（シニフィエ）——とは真逆の位置に置かれ、それを欺くものとして、周到に準備されているのだ。

彼女が彼を嫌いな理由は意外なところにある。それは、彼が自分と似ているということだ。内面には別の自己がありながら、それを決して表には出さない冷徹人間。パラはそんなヅカの本性に気づいているから（「私だけが彼の本性を知っている」［109頁］）、彼が嫌いであり、自分と彼が似ているから、自分自身が嫌いなのだ。

そんな彼女が、ヅカに対して際どい振る舞い方をするのは、誰にも気づかれないように、大好きなミッキーを大嫌いなヅカから引き離し、彼女と京くんを接近させるためである。ヅカに身を寄せるパラは、ミッキーにとってもエルにとっても、想像できない「ただのコント」（126頁）のように見えてしまうが、彼女にとっては悪いことではない。「恋愛感情であることを否定しながらも、ある種の含みを持たせられる」（126頁）からだ。非常に微妙な問題だが、この「含み」という言葉には様々な意味が隠されているだろう。少々大胆過ぎる解釈かもしれないが、ここではそれを敢えて提示しておくことにしよう。

彼女の気持ちは、それより少し後にある「私は、王子様［ヅカ］と意地の張り合いをすることに決めた」（130頁）という一節から、ある程度読み取れるように思える。普通は、互いに憎悪し合っているなら、意地の張り合いなどせず、すぐさま距離を取ろうとするだろう。だが、彼を嫌いと思う彼女は、彼を遠ざけるどころか、むしろ自らの「同類」（143頁）とみなし、ミッキーを自分たちの側から引き離そうとしている。つまり、自分たちは同じ側に留まろうとしているのだ。

だからこそだ。私は三木ちゃんに見つけてほしい。友人である私や王子様より、近しく、優しい心で寄り添ってくれる、そんな存在を。そうすれば、私達のことなんて忘れてくれていい。（143頁）

パラの抱える複雑な気持ちは、ミッキーとエルが、彼女とヅカの恋愛など想像もつかないと笑いこけている時、ミッキーの発した軽い一言によって、根底から揺り動かされる。それまでは人前で動揺する自分を感じたことのなかった彼女が、友人のさりげない言葉に、堪えきれないような混乱を覚えたのだ。


「パラが本当に好きになる男の子ってどんなだろ。そんな人いるのかな？」

「……さあ、どうだろうね」

うまく答えられなかった。いつものようにひょうひょうと出来なかった。

心臓が、揺れたからだ。揺らいだ自分に、動揺した。

こんなことで揺らぐのは、ひどく、珍しいことだった。珍しくて、少し吐き気がした。（127頁）

この吐き気を起こすほどの動揺とは、はたして何を意味するのか。いかに屈折しているとはいえ、それはヅカに対する気持ちとはまったく無関係なのだろうか。自らが自己分析するように、彼女の言葉は、「きちんと頭の中で精査され、考え抜かれた上で音となる。つまり、心からの言葉で喋ってなんていないのだ」（138頁）。つまり、彼女の言葉を信じるなら、先のミッキーの問い掛けに答えを返せないのは、もし答えていたら、そこに正直な気持ちが現われてしまうのではないかと恐れたから、と想像されるのだ。

ヅカを嫌っていると考えていても、パラは決して彼から離れない。二人は相手の心を開き、真摯な会話を交わし合う。逆説的ながら、彼女はそれまで誰にも見せたことのない心の内を、嫌っているはずの彼にだけは素直に伝えることができる（「どうしてこんなことまで話してしまっているのだろう、そう思った。［……］誰にも話していないことを、よりにもよって、気に入らない彼に話すなんて」（150頁）。一方、ヅカはヅカで、パラが密かに隠してきた彼女の思惑を読み取っている。パラの心の記号は、彼には既に解読済みなのだ。


彼は、ニコリと笑って、言った。

「俺のこと、嫌いだろ？」

……心の内を明かそう。正直、どきりとした。心臓が、大いに揺れた。

自分はいつ、そんなそぶりを見せてしまったのだろうかと記憶を掘り起こす。あの時か？あの時か？　それともさっき扉を開けた瞬間か。いや、違う。彼の心はやっぱり揺らいでいない。ということは、以前からそう思っていたということだ。しかも、想像なんかじゃなくて、恐らくはほとんど確信に近いものとして。（146―147頁）

「君のこと恋愛対象として好きだなんて一回も言ってないよ」（148頁）と食い下がる彼女に対して彼が発する言葉は、彼女の内面的思考作用の動きをほぼ的確に捉えている。

「うん、なんつうか、本音を本音で隠すっていうか。しかもそれが異常に上手い」（148頁）

普通に生活していれば、立ち入らなくて済む他者の内面、外部とは異なる内部が、あからさまに暴露された時、暴露された相手はいったいどう思うだろうか。ある者は戸惑い、立腹し、「なんだ、騙していたのか」と非難し、その人のもとを離れて行くかもしれない。だが、ヅカがパラに示した態度は、それとはまったく違っていた。「そんな君こそ私を嫌いなんじゃないの？」と訊かれた彼は、「俺？パラのこと？　全然、嫌いじゃねえよ。おもしれえなって思うし」（148頁）と答えるからだ。このヅカの返答は、行動が内面的な気持ちと上手く寄り添わない人間、発せられる記号表現（シニフィアン）が、その記号内容（シニフィエ）と絶えず齟齬を来たしてしまう人間を、むしろ人間らしい、至極当然のものとして受け止めている。人間は、すべての振る舞いを、常にその意味や意図と一致させながら生きているわけではない。両者は随所でもつれ、混乱し、断絶する。それがむしろ、自然な生き方というものだろう。パラの熱の入った自己暴露に対するヅカの答えは、まさにそれと深く呼応している。「んなの、皆、そうじゃね？」（150頁）。ヅカの言うように、人は皆パラのように、自分のある部分を隠しつつ、ある部分を晒しながら、周りの人たちと共に生きている。京くんが、「きちんと言動と行動が一致している」というヅカでさえ、例外ではないだろう。程度の差はあれ、人は皆、何らかの「かくしごと」を抱えつつ、日々を送っているのだ。

ヅカについては、もう一つ重要なエピソードがある。パラに気づかれてしまった「鈴」のことだ。彼らの学校では、「修学旅行中に二人っきりになり鈴を渡した相手とは、ずっと一緒にいられる」（113頁）という凡庸な「おまじない」がある。パラはヅカに身を摺り寄せた時、彼が鈴を持っていることに気づく。彼がその鈴を渡そうとしているのは、いったい誰なのか。懸命に答えを追求しようとするパラだが、ヅカはそれにまったく応じてくれない。結局、ミッキーの告白により、それがどうやら、彼女から彼に渡されたものであることが判明する。彼女は四人の級友たち全員に鈴を渡そうと考えていて、たまたま最初に、それをヅカに上げていたというわけだ。だが、パラの疑惑は解消されない。ヅカの鈴を見たのは、ミッキーが自分の鈴を彼に手渡す前だったことに気づいたからだ。そのタイムラグを考えれば、彼は「誰かに渡す為に自分で鈴を持って来ていたということになる」（158頁）。そこで、彼女は思い至る。


「三木ちゃん、王子様って宮里ちゃんのことなんて呼んでるっけ？」

「ん？　エルじゃない？」

そっか、そういうことか。（158頁）

この「そっか、そういうことか」が、この後どのような結果を導くかは、この時点では定かでない。それは単なるパラの思い過ごしか、はたまたピンポイントの正解か。ここからの進行はヅカの手に委ねることにしよう。

ヅカ（高崎）

パラのひらめきは、どうやら当たっていたようだ。ヅカには「気になる子」（166頁）がいたのだ。エルである。それが恋愛感情なのかそうでないかは、まだ彼にも分からない。ミッキーと三人で、エルが焼いてきたクッキーを食べている時、何が原因なのか、エルの頭上に突然、「哀」を示すクラブ・マークが浮上する。その記号の意味はエルにとって相当深刻なようだが、ヅカはそれを正しく解読することができない。だが、彼はその時、彼女が哀しんでほしくないと考えている自分に気づくのだ。それは、彼にしては「珍しいこと」(164頁)だった。彼の頭からは、エルが浮かべていたあのクラブ・マークが離れない。そんな時、後ろからやって来たパラがストレートな質問を浴びせかける。「よぉ、王子様、もう宮里ちゃん口説いた?」(168頁)。ヅカは、それに即答することができない。その後も、「分かんないとか言ってるうちに、あのいたいけな笑顔が奪われちゃったら王子様どうするの?」(169頁)と詰め寄られ、言い淀むしかない。彼としても、自分の気持ちがはっきりしない。それは恋なのか、そうでないのか。「どうしてあの子のことを特別に気になってるんだろうとか、もしそれが例えば好きってものだったとしてどうしたいんだろうとか。/じっくりと考えてみて、本当に、なにも分かっていないんだと思った」(171—172頁)。

エルの哀しみの理由を知ろうとするヅカは、彼女と心を開いて話し、その決して単純とは言えない説明に納得するが、二人の関係が特に進展するわけではない。そもそも、彼女の彼に対する気持ちがどのようなものであるかに関しては、何の記号も手掛かりも与えられていないのだから。ヅカの方は、会話の終わりで、彼女への思いを確信し、それを伝えようとしたのかもしれない。だが、その点についても、実は定かではない。告白は途中で断ち切られているからだ。

まっすぐなエルの瞳から、目をそらさない。

エルの考え方を分けてもらう、代わりに俺の考えを分けてあげる。そうやって埋めあえたら。

そう思った時に、きっと心の形が決まったんだ。

「いや、あのさ、実は、俺」

心に秘めている時は、別に平気だったのに。（208頁）

すべての登場人物たちが、各自の内面を示す記号を発するにもかかわらず、コミュニケーションはしばしば不全の域に立ち至る。ある言説の記号表現（シニフィアン）が、首尾よくその記号内容（シニフィエ）と結びつかないのだ。それは登場人物の間だけではなく、登場人物と読者の間でも確認される。この物語には、どう解釈すべきか判断に迷う箇所が少なからず存在する。例えば、エルが登校拒否になる理由だ。それについては、京くんが提示している説明で一応の理解は得られるものの、その真意ははっきりしない（ちなみに、パラはこの件について、「まだあの時なんで休んでたのか知らないしね」〔179頁〕と発言している）。

そして、何よりも曖昧なのは、ミッキーとヅカの心の動きである。策略に富む語りが、それをより複雑にしている。ヅカが、それまで知らされていなかった二人の関係を、突然、ついでのように読者に暴露するからだ。「さて、内緒の話なんだけど。実はこれが大したことのない話なんだ」（212頁）と始まる打ち明け話は、大したことがないどころか、極めて重要な含みを帯びてくる。彼によれば、ミッキー（彼女の名は明記されていない）と彼は、中学二年生の頃、付き合ったことがあるが、しばらくして、「仲がいいことと、恋愛は違う」（213頁）――つまり、勘違いだった――ことに気づき、普通の友だちに戻ったということである。問題はその後だ。そうした、過去の経験を思い出しながら、公園でミッキーと別れる時、ヅカは彼女に「次は、勘違いじゃねえよ」（214頁）と言い、彼女は「私も」、「エルの言う通りにしたんだ」（215頁）と答えている。ヅカの言葉が、次に恋愛する時は絶対に勘違いしないという意味なら、ここで彼の頭にあるのは多分エルだろう。だが、それを彼女と特定する確かな根拠は存在しない。穿った見方をするなら、それがミッキーである可能性も決してゼロとは言えないからだ。では、ミッキーのこの応答は、どう理解したらよいのか。流れから考えるなら、彼女の心にあるのは京くんの可能性が高い。しかし、ここで気になるのは、「エルの言う通りにしたんだ」という彼女の発言だ。「エルの言う通り」とは、いったいどういうことか。エルは以前、彼女に何て言っただろうか。彼女はミッキーと仲良くなりかけた頃、ヅカと親しい彼女に対して「あ、恋人じゃないんだ。てっきり」と言っていたではないか。つまり、再度穿った見方をするなら、この時ミッキーの頭にあるのはヅカだという可能性もゼロではないということだ。この点については、ミッキーが他の男の子の告白を断った後、パラがヅカに投げ掛けた言葉が、何かを暗示しているようにも見える。


「王子様、今回は三木ちゃんがたまたま告白断ったんだとか、思ってる？」

「……」

「恋で盲目にでもなってんの？　なんにも分かってないんだね」

「……」

なんにも分かってない。その言葉が、ずっと腹の中に黒く残り続けた。（170―171頁）

パラの言葉が何を意味するのかは、正確には分からない。それはヅカへのエールとも受け取れる。無論、一つの解釈として。

このように、日々安定したコミュニケーションをしながら生きていると思われる仲良しの五人にさえ、ディスコミュニケーションの契機は訪れる。それも、極めて頻繁に。だが、「分からない」という類のフレーズに色濃く覆われたこの物語の魅力は、いわばその微妙な「分からなさ」から生じる不確かで揺動的な性質にある。そして何よりも、その不思議な優しさに。

エル（宮里）

五人の登場人物の中で、記号として最も読みにくいのはエルかもしれない。シャンプーの事件の時も、クッキーの件の時も、彼女の真意を即座に把捉できた者は、おそらく一人もいない。彼女が他の四人と、とりわけ異なっていると思えるのは、異性に対する姿勢がまったく読み取れないことだ。彼女の気持ちは、誰か特定の異性に向けられているのだろうか。周りの者たちが彼女の行動を見て、彼女が京くんと相愛であると想像するのは、当然かもしれない。だが、それはもちろん誤読である。エルの「章」が他の四人のそれと違う点はもう一つある。それは、彼女が四人の友だちに向けた気持ちを「手紙」という形で表明していることだ。そのなかで最も重要なのは、その長さからみても、京くんに宛てた手紙であると思える。だが、その内容に触れる前に、彼女の他の手紙に現われる思わせぶりな一節に注目しておきたい。それはパラに宛てた手紙の結び文句である。

これは私だけが知っていることだろうけど、自分の心を押し込めてまで好きな人の幸せを願うパラの幸せを、私も心から願っています。（239頁）

この意味深な言葉は、先にミッキーが「パラが本当に好きになる男の子ってどんなだろ。そんな人いるのかな？」と聞いた時、吐き気がするほど動揺したパラの姿を思い出させる。彼女はいったい、どんな心を押し込めていたのか。それがヅカへの気持ちだという可能性は大いにあり得る。だが、答えは与えられていない。エルだけが知るというパラの気持ちも、結局は暗示されるだけで、その内実が示されることはないのだ。

京くんへの手紙に話を戻そう。エルの「章」には、ミッキーと京くんが図書館で引き起こす一悶着があるが、それは結局、安定した終息を予想させるので、特に語る必要はないだろう。敢えて言うなら、諍いのもとになったのは、そこでもまた、二人の間の記号の読み違いだということである。エルの激烈な表現を借りるなら、記号を読み違えた二人の行動は「全部間違ってる！　馬鹿か！」（268頁）、ということになるだろう。

最後に、エルの「章」について特に指摘しておかなければならないのは、彼女が記号を読む人の営為について、かなり的確な説明を与えていることである。京くんへの手紙のなかで、彼女は次のように述べている。

　私は、今日のことがあって気づきました。私達はひとりひとり性格も好みも考え方もまるで違うように、ひとりひとりにそれぞれ別の役割があるんじゃないかって。
　それぞれが、各仕事（かくしごと）を与えられて、そうやって皆が支え合っているんじゃないかって思い始めました。（267頁）

ここでわざとルビ付きで表記されている「各仕事」という表現は、言うまでもなく「隠し事」、つまりはこの小説のタイトルを示唆している。人は皆、各々の感情や気持ちを隠しつつも、そのある部分を何らかの形で周りの人たちに伝えながら生きている。だが、彼女の言うように、人はそれぞれ異なっている。人の発する記号をどう読むかは、その人次第なのだ。したがって、記号はある場合には正しく、またある場合には誤って把捉される。だが、たとえ誤って把捉されても、常に悪しき結果が引き起こされるわけではない。記号の読み違いは、様々な触れあいや交流の機会を生じさせ、むしろ人間関係を豊かにしたり、面白くしたりすることもあるのだ。感情と記号が常に一致するような生は、窮屈で息が詰まるに違いないし、何よりも、想像力の働く余地がない。エルのこの述懐は、記号人間であるわれわれが、各々の差異を維持しながら、周りの他者たちといかに接していくべきかを、改めて考えさせてくれる。

　エルの洞察は、さらにもう一歩進む。それは、記号を深遠なものと捉え過ぎ、単純なものを、必要以上に複雑なものと思い込むことである。記号は、永遠に読解不能なもの、読解困難なもの、読解可能なものなど、様々なレヴェルに広まっている。だが、それらの違いを区別することは意外と難しい。だから、人は極めて単純な記号に対し、しばしば勘違いをするのだ。

暴かれる度にどんどん馬鹿らしくなっていく隠し事、どれも私達が勝手に複雑なものだと勘違いをしていた。(270頁)

だが、こうした勘違いこそが、人を様々な解釈行為＝読むことへと導き、小説世界、さらには人生に対し、想像的＝創造的、生動的な力学を提供する。ディスコミュニケーションの複雑な契機が、小説や人生の新たな可能性を切り開き、逆説的ながら、さらに豊かで優しいコミュニケーションの展開を予想させるのだ。

記号は見えるのに、……

この小説には、一つのからくりが仕組まれている。それは、五人の登場人物それぞれに、相手の心の記号が各自別の形で見えることである。だが、彼らは皆、それが自分だけの能力と思い込み、その情報を互いに伝え合うことはない。記号というものは本来「コード」を互いに共有してこそ、うまく機能するのだが、彼らの見る記号はすべて、各自の世界に閉ざされたままなのだ。つまり、彼らは相手の記号が見えることで、むしろ事態を混乱させ、互いの心を読み違えていると言えるだろう。記号が見えることと、それが読めること、それはまったく別のことである。記号というものは他者と共有することで、初めてその意味が確認され、コミュニケーションの道具となることができる。作中に引かれた「ものや思うと人の問うまで」（50頁）という平兼盛の短歌の一節は、相手に心の記号を読まれる事態を表現しているが、これはごく自然な事柄と言えよう。何故なら、それはおそらく、周りの誰ともある程度共有できる記号を話題にしているからだ（無論、そうでない可能性も否定できないが）。

しかしながら、人は皆、毎日、この物語に描き出されたような私的記号――自分だけの記号――を目にし、それを各自自前で読み解きながら、日々の生活を送っているのではないだろうか。外部に表出する他者の気持ちが、すべて完全な共通「コード」のもとに解読され、理解されることなど、ほとんど想像もつかないであろう。それは、科学的なコミュニケーション・モデルに基づく、一種の理想形に過ぎないからだ。人はむしろ、この小説に登場する五人のように、それぞれの私的記号を目にし、他者との了解もなく、それらに何らかの解釈を加えながら生きている、というのがたぶん実状であろう。つまり、それが自分だけにしかない能力と思い込むのも、目撃した記号に各自の恣意的な解釈を施すのも、自然といえば自然のことなのだ。それ故、最初は不自然と見えるかもしれない五人の記号読解の話は、不自然であるどころか、むしろ人間的コミュニケーションの根幹に関わる重要な問題を提起していると言える。つまり、冒頭で述べたように、この物語は、日々実際に繰り広げられているコミュニケーション行為の実相を、ディスコミュニケーションという背理の側から照射するものとして読むことが可能だということだ。

ディスコミュニケーション、すなわちコミュニケーションの不全は、他者の考えが分からないことから出来する。この物語がディスコミュニケーションの問題と深く関係していることは、先にも指摘したように、作品中に散種された「分からない」、「理解できない」という類の表現の頻度からも確認される。記号が見えていても——あるいは、記号が見えているからこそ——、人は何度も「分からない」、あるいは解読の失敗という状況に直面する。だが、それが結局、コミュニケーションというものの日常的な実状なのだ。共有された「コード」のなかで意味が与えられ、意思疎通が行われるという状態は言語行為の理想であり、それを否定するつもりはまったくない。コミュニケーションの道具としての記号や言語は、本来そうした目的のために創出されたに違いないからだ。人は、相手の気持ちをできるだけ正確に読もうとしながら生きている。だが、「記号は見えるのに、感情の唐突さが読めない」(44頁)。コミュニケーションは絶えず、そうした不全状況に晒されているのだ。

だが、コミュニケーションの不全、他者が理解できないことは、むしろ当たり前のこととして日常生活に立ち現われる。それは、互いの了解を妨げ、しばしば、怒り、憎しみ、不安といった形で、人々にマイナスの作用を及ぼす。しかし、整然と分節された、分かるものからは決して生じないものがあることも、また確かである。それは、一言で言えば「動き」である。人の生に数々の動きを生じさせ、そこに多様な人間関係のドラマを創出するのは、畢竟、コミュニケーションの端々に介入するディスコミュニケーションの作用ではないだろうか。小説が読まれるとすれば、それが理想的なコミュニケーション・モデルの外部で突発する思い違いや誤解といったディスコミュニケーション的要素をふんだんに取り込み、そこに一つの生動的な世界を現出させるからだ。小説はメッセージの受け渡しのみを目標にしているわけではない。それはまさに、生ある人間世界を描き出しているのだ。

　コミュニケーションに種々の断絶を生じさせ、そうした断絶から言語や生の新たな創生を実現させるディスコミュニケーション的な要素は、小説世界を貧しくするどころか、それを限りなく豊かにする。人はコミュニケーションに失敗することで、他者との差異を真摯に受け止め、他者と接していく際の機微を徐々に理解していく。「分からない」という表現に溢れたこの小説もまた、ディスコミュニケーションの連鎖的な発現により、活力や優しさに満ちた世界を創り出している。お互いの心が読めず、食い違いや思い違いが生じるなか、気遣い、思いやり、柔軟さ、楽しさ、喜び、想像力、そして愛が、この小説世界を充たしていく。『か「　」く「　」し「　」ご「　」と「』は、つまり、そんな小説である。

第５章

『青くて痛くて脆（もろ）い』

そして、自分とは違う君のこと

『君の膵臓をたべたい』の志賀春樹が、あまり周囲に関心を向けない「自己完結」した高校生だったように、『青くて痛くて脆い』の田端楓もまた、「人に不用意に近づきすぎないことと、誰かの意見に反する意見を出来るだけ口に出さないこと」（5頁）を日々心掛けて暮らす大学生である。そして、春樹が自分とは百八十度性格の異なる山内桜良と出会い、生涯掛け替えのない体験をしたように、楓もまた、純真率直な女子大生、秋好寿乃と出会い、自身の価値観を一新させられるような経験を味わう。

この物語の共通点は他の作品との間にもある。物語の後半に集中する楓と寿乃の激しい遣り取りは、まさに前作『か「」く「」し「」ご「」と「」』の場合と同じく、「分からない」という心の叫びによって織り成されている。小説『青くて痛くて脆い』もまた、他者との関係とコミュニケーションを描く、まさに青くて痛くて脆い物語なのだ。

出会い

二人は最初、新学期が始まったばかりの大講堂で出会う。そこで行われる三時限目の授業に出席した楓は、近くの席に座り、他の学生たちのしらけた反応も気にせず、講師の嘲笑を誘うような質問を何の衒いもなくぶつける寿乃を目撃するのだ。自分とはまるで正反対な性格と思われる彼女に、彼は当然、恥ずかしさや抵抗を覚える。できれば関わりたくないとさえ思う。だが、その一方で、彼女に関心を寄せている自分にも気づいてしまう（「関わろうとは思わないまでも、僕はきっとその時の彼女の顔に、興味を持った」［8頁］)。

二人は同じ日、学食で顔を合わせ、話を交わすことになる。彼としてはあまり気が進まなかったが、「人から遠ざかることよりは、人の意見に反しないことの方により重きを置く」（9頁）彼は、彼女と当たり障りのない話をし、互いに自己紹介し合う。彼は依然、彼女が自分とは関わりのない人間だと感じているが、その意外な率直さに触れ、少し心を動かされる。「彼女が自分自身の性格が持つ功罪を理解しているらしきことに、少しの好感を持った。ほんの少しだけど」（14頁）。

翌週からも教室で同じことを繰り返し、周りから「ヤバい奴」、「関わっちゃいけない奴」（18頁）とみなされる寿乃を見て、楓は本気で彼女から逃げ出そうとする。だが、走って追ってくる彼女を無下に切り捨てることもできず、気がつけば、二人が出会ってから二ヵ月が過ぎ去っていた。全き「他者」とも言うべき正反対の二人は、こうして、その不可思議な関係を徐々に育み、互いの信頼を築き上げていく。愛と呼ぶのは大げさかもしれないが、楓は彼女の異質性のなかに、何故か言いようのない魅力を見出してしまったのだ。

考えてみれば、ここまでの二ヵ月、僕が秋好を切り捨てることの出来ない理由が、その目にあった。

まがりなりにも、彼女と週に何度か会う仲をやってきて、彼女の面倒くささの中に僕は一つの純粋さを見つけてしまっていたのだった。

痛いし青くさくて見てられない、自分の信じる理想を努力や信じる力で叶（かな）えようとするし叶

うと思っている純粋さ。（20頁）

そのうち、どのサークルに加わろうかと思案していた寿乃に、楓は「どうしてもやりたかったら自分で作ったらいいかもね」（21頁）と声を掛ける。それが「秘密結社モアイ」結成の出発点となる。「モアイ」という名称は、その時、彼が着ていたTシャツに印刷されたモアイ像から取られた。最初のメンバーは寿乃と楓、ただ二人。彼は、あれほど警戒していた彼女に急速に接近していく。それは、彼の性向さえ変えてしまうほどの変化であり、それなりに楽しい日々でもあった。


その適当さが、深く何かと向き合うことを望まない僕に、心地よかった。

この日をきっかけに、ということなのかもしれない。

僕は今まで以上に秋好と会うことになったし、この時、僕と彼女の間にかっこ仮がなくなったのではなかろうかと思ったりもする。（26頁）

出会った頃には、その前から逃げ出したいと考えていた相手との、予測できない接近。だが、楓はそんな彼女との間に、自分には、それまで持ち合わせがないと思念していた心の通路を見出す。そこには、相手を自分と違う「他者」として受け止め、真摯に寄り添おうとする細やかな姿勢が存在する。二人の「他者」が出会う、爽やかで美しい瞬間だ。

　秋好は、いつも笑ってはいなかった。ニュースに顔をしかめ、誰かの意見に怒り、嘲笑に傷ついていた。それに気がつく頃には、彼女を避けようと思った自分の気持ちはもうどこかに行ってしまっていた。

　認めることが出来たし、信じたんだと思う。理想や、真実を追い求める彼女の青さや痛さを、自分が持っていない人間性として。（28頁）

この述懐には、「自分が持っていない人間性」を尊重した上で、寿乃を認め、信じるという楓の境地が力強く現われている。人は互いに違っても、それを認め、信じ合うことができるという「他者」への思いが、彼自身の言葉で確認されているのだ。

　こうして二人は、「モアイ」の活動を細々と続けていく。だが、楽しかったはずの時間は、離反・反目の時間へと一変する。二人だけの活動としてスタートした「モアイ」が、徐々にメンバーを増大させ、楓の趣向に合わない団体に姿を変えてしまったからだ。彼は団体の活動から身を引き、まったくそれと関わらない状態に陥る。折しも就職活動に直面していたことも、その大きな一因だったかもしれない。無事、内定は決めたものの、「自分じゃない」（36頁）を貫いて手にした結果は、結局、寿乃のいう「理想」とは大きくかけ離れたものだった。二人の関係は徐々に遠ざかる。「他者」との美しい出会いは、まさに「理想」のまま、崩れ去っていくのだ。

反目と敵対

「モアイ」を離脱した楓は、寿乃と語らっていた頃の「理想」から急速に逸脱していくこの団体に、不満と憤りを覚え始める。自分が作った「モアイ」が変わってしまったことに、耐えられなかったのだ。彼としては、初心に立ち戻った「モアイ」を、もう一度見てみたかったということだろう。だが、この団体を刷新するという彼の計画は、友人の董介を巻き込み、次第に攻撃的なものとなっていく。楓は「モアイ」に徹底的な打撃を与え、壊滅させようとするのだ。二人の作戦は早速開始される。団体の活動を細かく探り、その弱点・問題点を把握することで、楓の目論見は徐々にその目標に近づいていく。そして、ついに「モアイ」を潰せる決定的な証拠を手に入れる。この有名な就活系団体そして代表が、集めた個人情報を企業に無断で流していたことが明らかになったのだ。楓は、その証拠をネットに流し、確実に「モアイ」を追い詰めていく。そして、追い込まれた団体は、ついに解散を余儀なくされる。中心にいたヒロと呼ばれるリーダー――実は、秋好寿乃本人――も責任を取り、活動から身を引くことを決意する。こうした結果は、言うまでもなく、かつて「モアイ」を立ち上げた寿乃と楓に、修復不可能な関係をもたらすことになる。よき「他者」として出会い、楽しく、充実した時間を共有してきた二人が、彼らの絆の証であった「モアイ」によって断ち切られ、互いに反目・憎悪し合うという最悪の結末に行き着くのだ。

腹心の友とも言える二人は、何故このような結果に至ってしまったのか。そこにはたぶん、寿乃が繰り返し強調する言葉の不在と、人と関係の変化が深く関わっている。彼らは、「モアイ」に対する立ち位置が変化した後、次第に距離を置き、ほとんどまったく言葉を交わすことがなくなってしまった。たとえ互いに否定し合っても、相手と言葉を交わすことの意味は計り知れない。ディスコミュニケーションは、必ずしも反目や憎悪を生み出すものではないからだ。それは、二人の出会いから、彼らが一緒に「モアイ」を結成するまでの経緯を見れば明らかであろう。走って逃げ出そうとしたり、絶対に関わりを持たないようにしようとした寿乃が、楓の学生生活のある時期を支え、生気と希望に溢れる生き方を可能にしてくれたのは間違いないからである。では、楓は、そうした掛け替えのない関係を、どうして維持することができなかったのか。その答えはたぶん、最後の対決とも言うべき二人の激論──まさに、激論と呼ぶに相応しい言葉の応酬──に凝縮されている。だが、そこに至る前に、二人の関係の変転を考察する上で重要と思われる問題を、幾つか指摘しておくことにしよう。

最良の友、董介

楓には親しくしている知人・友人が何人かいるが、なかでも重要な役回りを演じているのが、途中まで「モアイ」解散に協力してくれる董介だ。彼は楓の計画に賛同し、積極的に手を貸す。彼の協力がなければ、楓の企てはたぶん潰えていただろう。だが、「モアイ」打倒の切り札となる証拠を手に入れた直後、董介は突然、「俺は、もうやめとく」（195頁）と言い出す。楓にとっては、まさに寝耳に水であり、その百八十度の豹変に怒りを抑えることができない。菫介のこの宣言はいったい何を意味するのか。それは、彼が「他者」との関係を柔軟に受け容れ、それに寛大に対処する感性・能力を持ち合わせた人間であることを示唆している。自分の近くにいる者も、距離がある者も、偏見なくその存在を認め、付き合ってみるという良質の鷹揚さが彼にはあるのだ。「モアイ」打倒に執心する楓に、そうした資質が感じられないことは言うまでもない。菫介のこうした感性は、テンと呼ばれる評判の良くない「モアイ」の幹部と接近し、付き合うことで、徐々に評価を変えていく彼の姿勢によく現われている（「あいつとまだ時々遊んでんだけど、すっげえ良い奴だよやっぱ。まあ、今回のこの名簿の件は完全に悪いことだけど」〔191—192頁〕）。菫介は、悪いことは悪いことと認識した上で、自分たちの攻撃対象だった人物の良さも認め、理解しようとしているのだ。確かに相手にも非難したい点はある。では、自分たちにはないかというと、ないとは言い切れないのだ。「あいつら、僕らのことを馬鹿にしてんだよ」（193頁）と言った楓に対し、菫介は「俺達も、あいつらを馬鹿にしてるんだよ」（193頁）と答えるが、楓たちが彼らに対して思い描いていること、為していることを考えるなら、菫介のこの答えは事実を適切に言い当てている。菫介が言うように、二人もまたテンたちと同じように、こっそりとずるいことを画策しているのだから。

「他者」たちに対する菫介の配慮は、楓とはタイプの異なるテン以外の存在にも向けられる。菫介の女友だちポン、そして、今や敵同然の存在となったヒロ（秋好）についても、彼は次のように述べているからである。

「ああそうだ、ポンとは仲良くしてやってくれよ。あいつ、特に楓とはまた違う人種かもしれないけど、良い奴なんだ。ちょっとこずるくて、寝たふり上手過ぎるけどな」（195―196頁）

「秋好だって、ちゃんと話せば、良い奴かもしれない」（196頁）

楓の遣り方に疑問を抱いた董介は、それ以後彼の計画から離れるが、董介の宣言に失望し、それを裏切りとさえ感じた楓は、結局、自らの計画を最後まで実行し、修復可能だったかもしれない秋好寿乃との関係を、決定的に取り返しのつかないものにしてしまう。様々な可能性を秘めた「他者」との真摯な関係は、楓の独りよがりな判断によって、あえなく瓦解させられるのだ。

理想と現実の狭間で

寿乃と楓の関係、そしてこの物語全体の結構を考える時、一種のキーワードとして機能しているのは「理想」と「現実」である。二人はこの二つの理念を、ある時は共有し、ある時は対立する形で分かち持っているからである。二人が最初大講堂で出会った時、楓は、周囲や講師から嘲笑をかっている寿乃の意見表明を、「理想」と捉え、揶揄している（「いわゆる、理想論ってやつだろうか」［7頁］）。まさに、「小学校の道徳の授業で習ったような」（7頁）青くて痛い言明だと思ったのだ。だが、その後会う度に、そんな彼女の「面倒くささ」（20頁）を彼女の純粋さと思うようになる。自分には無理でも、「理想」を追求する彼女の姿勢を認め、信じようとしたのだ。

だが、「モアイ」の活動を離れ、就職活動に明け暮れる頃になると、楓の心は「理想」から「現実」へと否応なく押しやられる。「理想」などに目を向けている余裕はないからだ。自分の生きるべき「理想」を捨てず、社会の荒波と渡り合っていくのは予想以上に困難だった。「思えば、自分じゃない、を繰り返すのが就活だった気がする」（35頁）という楓の述懐は、少しでも自分らしくあろうとし、それに失敗した者の気持ちを痛切に表現している。無事内定を得ながら、それを素直に喜べない。楓の心は、現実と理想の狭間で激しく揺れ動く。

> これから、自分を偽って得たものと一緒に、半生を生きていかなければいけない。
> 息苦しく、どこかで納得のいかない一生になる。
> [……]
> もしも、能力や容姿や環境や、そんなものを、気にしないでいられたら、計算しないでいられたら、生きて、いけるなら。
> 理想論を、語れたら。（36―37頁）

だが、「理想」を掲げて動き出したはずのヒロ（秋好）の「モアイ」が組織を拡大し、「理想」とかけ離れた活動に手を染め始めた時、彼の気持ちは再び「理想」に引き寄せられる。とはいえ、最初から引き寄せられたわけではない。最初は逃げ出したのだ。寿乃に反対意見を表明することなく「モアイ」を離れ、「人に不用意に近づきすぎない」という以前の生き方に逆戻りしたのだ。

しかし、就活で「自分じゃない」ことを強いられ続け、疲れ切っていた彼は、菫介に対し、突如「モアイ」との戦いを宣言する。その時、彼の頭に浮かんだのは、やはり「理想」の二文字だ。

> 　自分じゃない、にあまりに疲れていたからというのもあると思う。
> 　感情で未来に描いた理屈抜きの模様のことを、理想と呼ぶような、そんな誰かみたいな青くさい思いが、浮かんだ。
> 「……」
> 「……やって、みようかな。モアイと、戦って、みる」（58頁）

　表向きは、寿乃の「理想」を取り戻すことが目的だが、そんな彼女との間には、もはや以前のような繋がりは存在しない。相手の気持ちをきちんと言葉で確認しないまま、一人で勝手に計画を思いついたのだ。「理想」から「現実」へ、そしてまた「理想」へ、という楓の意識転換には、自己の生を一つの理念に結びつけようとする姿勢が強く感じられる。それは、四年間の大学生活を要約する次のような述懐によく示されている。

> 　一年生の時の理想。二年生の時の失望。三年生の時の諦念（ていねん）。四年生になってからの闘争。（226頁）

しかし、実際の生は、常にそれほど単純な図式で語れるものではない。時には「理想」と「失望」が同居し、「諦念」と「闘争」が共存することもあり得るからだ。「モアイ」が変貌し、失望を覚えた時、楓は寿乃がかつての「理想」を今でも当時のままに保持していると思い込んでいる。だが、そうした思い込みは、ある日「モアイ」の集会に出席した際、寿乃の口から洩れる「現実的」という言葉によって裏切られる。集会のなかで出席者の一人が「理想」的と思える意見を述べた時、彼女は楓にとって想像もつかなかった反応を示すからだ。


「分かるけど、現実的には厳しいかなぁ」

僕は、耳を疑った。

その言葉の目的がなんであれ、僕はその言葉が秋好の口から出てきたことを、信じられなかった。

現実的。現実的。現実的。

頭の中で反芻(はんすう)してみても、言葉の意味が裏返ったりはしてくれなかった。

理想を目指すために作られたはずのモアイで、誰かが提言した理想を追った案を、秋好が現実を持ち出して否定した。

信じられなかった。信じたくも、なかった。（189―190頁）

楓は結局、この集会を最後に、「モアイ」に背を向けてしまう。かつて寿乃が好んで口にしていた「理想」という言葉が、彼女自身によって否定されたと考えた彼は、彼女との関係を完全に断ち切ってしまうのだ。こうした彼の決断がはたして正しかったかどうかについては、この後彼女との間に繰り広げられる激論のシーンを確認するまで、結論を待つことにしよう。

いずれにせよ、寿乃と楓は、「理想」と「現実」の狭間で懊悩し、揺れ動きながら、自らの生き方を模索している。だが、二人の関係が元のような形で築き直されることは、もはやないだろう。彼は、彼女がもはや「この世界にいない」（29頁）とまで感じているからだ。

凄絶な罵り合い

「モアイ」と縁を切ってから二年半後、楓と寿乃はキャンパスでばったり顔を合わせる。最初は遠慮がちに話し出した二人だが、対話は徐々に熱を帯び、ついには取り返しのつかない凄絶な罵り合いになる。この物語最大の山場で、二人はいわば、互いの気持ちを初めて腹蔵なくぶつけ合うことになるのだ。「出来たら話したいこと、あって」（229頁）と、先ず口を開くのは彼女である。無論、話題はすぐに「モアイ」のことになるが、端から対決姿勢を崩そうとしない楓と、それを必死に説明しようとする寿乃の間に、折れ合う雰囲気はまったくない。「理想」を手放し、「モアイ」を醜悪な団体に変えてしまったと非難する彼。リーダーとして、「モアイ」を苦労しながら支え続けてきたと訴える彼女。まるで敵同士のような二人に、協調の可能性はない。それは、「分からないのに……」、「だからよく分からないいんだって」、「よく、分かってもないのにっ」（232頁）という遣り取りに明確に現われている。

寿乃は、楓が「モアイ」の不正証拠をネットに流したことを承知しているが、それを非難してはいない。むしろ、反省しようとしている（「だからちゃんと認めて、責任を取ろうとしてる」〔236頁〕）。だが、楓は激しい非難の口調を少しも緩めようとはしない。

冷静だった彼女の反応が突如変わるのは、「モアイ」の立て直しをするなら、「手伝うから……」（239頁）と彼が言葉を差し伸べた時である。

全てを打ち砕くように、秋好の唇が動いた。

「ふざけんな」

「……」

奇妙なことに、それは、積年の敵を睨（にら）みつけるような目だった。

「ふざけんな、ふざけんなっ！」（240頁）

楓は彼女の激した態度に怯むばかりで、その理由については何も理解できない。「モアイ」を改善し、彼女と和解しようとしているのに、この態度はいったい何なのか。理解できない理由は、実は、彼の思い及ばないところにある。それは、「モアイ」が変わってしまったことに対する意見の違いだ。彼は「モアイ」が本来の「理想」を捨て、企業と不正に結託してしまっていることを、一貫して非難している。この団体に対する戦いの目的は、すべてそこにあったからである。だが、彼女はその点については謝罪しながら、彼とは正反対の見解を示している。それは、まさに「変わる」という出来事に関わる深遠な問題提起だ。楓は「理想」というものを、ある種の永遠のなかで捉えている。それは終始絶対に変わることのないアイデンティティのようなもの、あるいは、不変として位置づけ、守り抜かねばならない信条のようなものとして思念されているのだ。だが、彼とは逆に、大きな団体のリーダーである彼女には、様々なメンバーからの意見収集や、その調整を担わなければならないという責務が当然のように付きまとう。自らの「理想」はあっても、時と場合によっては、自分と異なる多くのメンバーたちの希望や要求に耳を傾けねばならないのだ（実際、彼女は自身の「理想」を捨ててはいない）。その時、必要とされるのは、それまでの方針を再検討し、可能な限り周りの意見を取り込む形で、組織の方向を修正していくことだろう。「モアイ」をたった二人で立ち上げ、早い時期に手を引いてしまった楓には、たぶん想像もつかないような世界だ。多くの人たちから責任を託されたことのない彼には、自分以外の「他者」の存在が体感的にも精神的にも理解できない。寿乃の懸命な主張が楓に伝わらないのは、まさにそのためである。

思考を言葉にする前に、一瞬の間も待てない秋好が追撃をしてきた。

「全然おかしくない。時間が経てば、変わるものもあるなんて当たり前でしょ。変わらないものが偉くて、変わるものが悪いなんてことあるわけないじゃない」

その叱るような態度が、僕をさか撫でる。

「秋好が、偉そうに人に説教をすることもなかった。変わったね、悪い方に」

「こっちの台詞だよっ」（241─242頁）

秋好寿乃は、彼女本来の「理想」を確実に内面に保持している。だが、社会のなかで多くの「他者」と接し、できる限り良好な関係を築いていくには、時として、自身の「理想」を一時棚上げにし、上手くやっていくための手筈を整えなければならない。「願ってるだけじゃ無理なんだよ!」、「叶(かな)えたいものに辿り着くために、手段と努力と方法がいるの」(242頁)という彼女の訴えには、そうした心の葛藤がよく現われている。しかし、こうした心の叫びも楓の気持ちを動かさない。「人に不用意に近づきすぎないこと」を信念に生きてきた彼には、世界はあまりに大きすぎたのかもしれない。友人の董介も、「モアイ」打倒の計画から身を引く時、それを彼に教えたはずだ。だが、それも結局、理解されなかった。彼の生き方には、決定的に「他者」が欠けているからだ。

だが、楓は、「他者」を欠いていたのは、むしろ寿乃の方だと思い込んでいる。

「じゃあ、分からないなら、分かろうとしてないんだろ。秋好は結局、自分と違う僕のことなんて考えようともしなかったから、分からないだけだ」(245頁)

「自分と違う僕のこと」という表現は、最後の頁にある「自分とは違う君のこと」(309頁)という表現と呼応するが、寿乃は、楓とは対照的に、最初から最後まで「自分と違う僕」、すなわち楓のことを、ずっと忘れず気にかけていた。だが、彼が望んだから、「モアイ」を離れることを黙認したのだ。彼女が彼の非難に憤慨しているのは、対立的な感情からではない。それは先に述べたように、彼が自分に対し、言葉で気持ちを伝えてくれなかったからだ。二人の距離を広げ、修復できないほど関係を悪化させてしまったのは、彼の側に言葉が欠けていたからだ。今回も声をかけたのは彼女の方だった。彼女はずっと、そうしたいと望んできた（「だから今回だって、二年半前だって、本当はちゃんと話を聞きたかったの！」［245頁］）。しかし、彼にはそれに応じる姿勢がなかった。彼女の立場を理解しようとする気遣いなど、どこにも存在しなかった。もしも、彼らが胸襟を開いて語り合っていたら、たとえ確執はあっても、二人の関係がここまで拗（こじ）れることはなかったかもしれない。誤解や意見の相違といったディスコミュニケーションの発現と、コミュニケーションの不在はまったく無関係である。思想の違いはあっても、そこに言葉による遣り取りがあるかないかは、人間同士の関係を模索し、構築していく上で、何にも増して重要なことだからである。

二人の気持ちの対立はさらに、互いの心の行き違いとしても示されている。それは、次のような場面から感じ取ることができる。


「え……まさか」

秋好の頬が、軽く痙攣（けいれん）しているようにも見えた。

「私のこと、好きだったの？」

意味が、分からなかった。

「…………は？」（246―247頁）

寿乃の思い切った質問に対し、楓は即答することができない。だが、心のなかでは、それを薄々認めている(「それはもちろん、当時は秋好のことを友達として信頼していた。認めていた。端的に言えば、好きだったかもしれない」[247頁])。しかし、それでもなお、彼はその気持ちを彼女に素直に伝えることができない。彼女に付き合う相手ができた時も、「モアイ」を離れてからも、自分の気持ちを言葉で確認し、表明することがなかったからだ。彼女が「モアイ」の活動で多忙になった時、周りに集まるメンバーたちを見て、自分を勝手に必要ない人間だと思い込んだ。そして、たぶん、嫉妬した。今改めて問われても、もはやそれに応じることはできない。気がついた時、彼の口から漏れたのは「馬鹿にするなっ!」(249頁)の一言だった。

言葉を交わしてこなかった楓は、自分を棚上げにし、ひたすら相手の攻撃に徹する。自分が今ある状況の責任は、すべて「他者」にあると主張するのだ。非難の対象は、寿乃だけに留まらない(「秋好も、董介も、テンも、ポンちゃんも、川原さんも変わらない」[251頁])。

そして、決定的な決別の場面が訪れる。彼は彼女に、打ちのめすような卑劣な言葉を幾つも投げ掛ける。「ただ痛いだけのお前なんて、あの時受け入れてやらなければよかった」、「何が、理想のためだ。何が皆のためだ。お前はずっと、お前のためだけにしか生きてないくせに、僕はその巻き添えになった」(250頁)、「お前は僕を、間に合わせに使っただけだ。誰でもよかったんだ。誰か自分を見てくれる人、その代用品に僕を使ったんだ」(251頁)。頷いた彼女は「……そうかもしれない」(251頁)と力なく呟くことしかできない。そして、彼が最後に言おうとして、心のなかで発した残酷な最後通牒。「お前がいない方が幸せだった。きっと、みんなそうだ」(252頁)。秋好寿乃と田端楓の関係は、こうして終局を迎える。

川原さんという存在

多くの物語には、中心的な登場人物の周りに、必ず名脇役と思える存在がいる。この小説も例外ではない。それは先ず、楓の計画に加担しながら、最後のところで身を引く董介だ。彼は敵陣の幹部メンバーと親しく接するなかで、その人物の人柄に理解を示すようになる。悪いところ、良いところを含め、どんな人間にも理解できない多様で複雑な側面はある。だが、彼は言葉を介して付き合うことで、自分とは違う相手を受け入れ、次第にその良さを見出していく。つまり、常に可能性として存在する、「他者」への通路を探り当てているのだ。しかし、この良友からのメッセージも、頑なな楓には届かない。相手の人間を一つに色づけし、自分の外へ出ようとしない彼に、そうした通路が開かれる見込みはないだろう。

そして、最も異彩を放ち、この物語の基調を決定しているのは、楓と同じドラッグストアでバイトし、彼が密かに「ヤンキー女子大生」（111頁）と呼んでいる川原さんだ。人との話があまり得意ではないように見える彼女の発言には、楓の行く末を占う貴重なヒントのようなものが幾つも含まれている。

先ずは、「距離感の、重要性」（158頁）。川原さんは、人と人が付き合う上での距離感を、「世の中で思われてるよりもずっと尊重されるべきこと」（158頁）と述べたあと、次のように続ける。

「距離感は、仲の良さとかそういうのともまた違う人の価値観、主義？　そういうものやと思って。すいません、語彙力がなくて上手く言えないんすけど」（158頁）

語彙力がないと言う彼女だが、この言葉は、他のどの登場人物のそれよりも、人間関係というものの本質をよく言い当てている。彼女の言葉を付け加えるなら、「人と人の距離なんて一対一で決める」（158頁）ものということになる。つまり、二人の人間が出会う時、両者の距離は、それぞれの状況に合わせて決まるものであり、そこに定型など存在しないということだ（「定型文にあてはめられても意味ない」［158頁］）。距離はそれ故、いつも同じである必要はない。人と人との距離は、人が生きている限り、様々に変化し、その中からまた新たな関係の可能性が芽生えるのだ。楓が執拗に自己を閉ざし、「他者」との関わりを狭めてしまうのは、「理想」という「定型文」に自らを押し込め、人が変わっていくことを、何か悪いことのように考えているからだ。人は、ロボットのように、いつも定型的に行動するわけではない。それを成長と呼ぼうと、堕落と呼ぼうと、人は時間や状況に応じ、絶えず自分自身を変化させていく。楓もそのことに十分気づいていたはずだ。日々、「自分じゃない」を貫き、就職の内定を得た時、自分が「理想」の外で動き回っていたことを、嫌というほど実感したはずだ。生きるとはそういうことであり、自己を卑下する必要も、他人を批判する必要もないのだ。

　それは寿乃や「モアイ」との関係についても当てはまる。「モアイ」が活動の流れのなかで、モラルから外れたことをしたのは確かである。寿乃は、それについて心から反省し、責任を取っている。

だが、ある意味、それは誰の身にも起こる可能性のあったことだ。楓の頑なな「理想」からすれば、許し難いことかもしれないが、彼女は「出来るだけ多くの人を幸せにしたい」（242頁）と思うあまり、偶発的な失敗を引き寄せてしまったのだ。楓には、彼女が変わったことが許せない。だが、彼女は、「理想」と「現実」の攻防のなかで、自身の立ち位置を変え、その都度、行動を決めてきた。彼女は決して「理想」を手放してはいない（「理想を捨てたりしてない！」〔242頁〕）。「モアイ」のリーダーという立場で、メンバーとの関係を第一に考えた行動を取ってきたのだ。

川原さんは、人と関係を結ぶのが一見不得手のようにも見えるし、楓の評価も決して高くはない。だが、人間関係に話が及ぶと、その口から、傾聴に値する言葉が次々と流れ出す。そして、「モアイ」の話になった時、彼らの対話は頂点に達する。「モアイ」のメンバーである川原さんは、リーダーのヒロ（寿乃）の傍で、ずっと彼女を見つめてきた。距離を取りつつも、楓のように逃げることなく、この団体に寄り添ってきたのだ。楓はその時、彼女の真価を啓示のように素直に受け止める（「〔……〕川原さんは本当に出来た人間なのだと思った。僕なんかとは違う、きちんと良い人。誰かの悪口も文句も言うけれど、他人を心から慮（おもんぱか）ることの出来る良い人」〔257頁〕）。川原さんが物語の最後に登場し、寿乃が去った後の団体を支えているのを見る時、読者は楓の直感が間違いでなかったことを確認するであろう。

話を二人の対話に戻そう。楓の様子を見て「うつろ」と表現した彼女に対し、彼もまた自分が「うつろ」だと認めるが、話は彼の思いもよらぬ方向に進んでいく。彼女は、楓以外にも、自分が「空っぽ」だと言っていた人がいたと語り、それがヒロ（寿乃）だったと打ち明けるのだ（「実は、もう一人空っぽだって言ってたのは、モアイのヒロ先輩でした」〔258頁〕）。彼はその事実に、立っていられないほどの深いショックを与えられる（「膝をつく。息がしづらく、穴の開いた胸や腹部が寒くてたまらず、手が震えた」〔258頁〕）。この川原さんの一言で、楓は独りよがりに「理想」を振りかざし、大切な相手の心を完膚なきまでに傷つけてきた自分の姿に、ようやく思い至る。

　何故かこんな時に、ようやく分かった。昨日から、切り取られたものや、喉元をえぐっている感覚がなんなのか。（258頁）

楓はその後、バイトを終え、ロッカールームを出て行く川原さんを、初めて呼び止める。もっと踏み込んで、今の気持ちを確認しておきたいと考えたのだろう。そして、この時発した彼女の言葉が、楓の行動を結末に向かって激流のように押し流して行く。彼女を初めて呼び止め、言葉を交わしたこと。それが、もはや取り返しのつかないかもしれない寿乃と楓の関係に、一条の光を投げかけてくれたのだ。

　川原さんが楓に対して口にする「皆空っぽなんすよ。私も、空っぽです」（262頁）という素朴な言葉は、人間の本源的な在り方を、実に上手く表現しているように見える。人は誰しも完璧ではない。人の中身は、ぎっしりと満たされているわけではない。それは、あちこち穴ぼこだらけで、互いに補い合わなければ、なかなか埋めて行くことはできないのだ（「いいんすよ、駄目な部分補うのは誰かに任せれば」〔262頁〕）。「他者」との関係が重要になるのは、まさにそのためである。自分の内にすべてを具え、周りの人間と何不自由なく生きていける者など一人もいない。人は皆、どこか空っぽで不完全な存在なのだ。だから、互いの欠けた部分は、言葉を交わし合い、補い合っていかねばならない。まさに、楓に欠けていたことだ。

川原さんは、もう一つ大切なことを楓に確認させてくれる。人は同じでありながら、皆違うということだ。人は共通点を有しながら、それぞれ皆、異なる存在として生きている。つまり、互いに「他者」としての部分を持ち合わせているということだ。『また、同じ夢を見ていた』の語り手、小柳奈ノ花の言葉を借りるなら、「皆違う。でも、皆同じ」ということになるだろう。川原さんもまた、楓に対し、奈ノ花と同じ言葉を投げかけている。

「[……]二人って、全然違う人種やないっすか？　多分やってることも、普段の生活も全然違うと思うんすよね」

そうだろう。

「でも同じように、何かで落ち込んで、空っぽだなんて自己否定をしてるわけやないっすか。それってなんつうか、二人とも同じで、どっちも、自分に自信持ちすぎなんやないかなって思うんすよね」（261頁）

楓にとっては意外かもしれないが、彼女の指摘は、寿乃と楓の間に欠けているものを明瞭に照らし出している。自分に自信を持ちすぎること、自分が「理想」を違えず生きていると思い込むこと、それは、人と人との距離をどこまでも引き離していく。人はそれほど完璧ではない。人は空っぽな自分を抱え、いつ、どう揺らぐかもしれない生を生きている。予想もつかないところで、予想もつかない形で変わっていくのが、人間なのだ。したがって、「他者」との間には、様々な不連続、行き違いが生じるだろう。だが、もしそうなったら、言葉を交わし、改めて確認し合えばいいのだ。川原さんが二人の先輩に伝えようとしているのは、おそらくそういうことだ。「田端さんもヒロ先輩も、立場は違っても、ちゃんとしてない自分はいて当たり前やないかなって思って」（261―262頁）という彼女の言葉には、人間関係を緩く、優しく築き上げるための大切なヒントが隠されているように思われる。

だが、川原さんと話した後も、楓の心はまったく変わらない。彼はまだ寿乃との出会いを悔い、傷ついたのは自分だけだと信じているのだ。

> 二年半前、秋好の時間を自分の中で終わらせてしまうべきだった。
> そうして彼女の存在を美化して、自分の中だけで留めていればどれだけ楽だったか。
> こんなにも、傷つかずに済んだ。
> 会って、ただ傷ついただけだ。（267頁）

彼の心が決定的な変化を見せるのは、パソコンに残された一つの音声ファイルを開いた時である。

「他者」への配慮

音声ファイルにあったのは、「モアイ」の報告会での、寿乃の演説だった。彼女は「モアイ」が引き起こした不祥事について繰り返し謝罪するとともに、このサークルを解散し、自身は身を引くことを、集まった人たちに伝える。最初は冷静に聞いていた楓も、「明らかに今までとは違う、声と、言葉の形」（272頁）に戸惑い、彼女の話に引きつけられていく。彼女のメッセージは、間違いなく彼に向けられていたからだ（「胸中の読めなかった先ほどから一転、頭を下げる秋好の映像が、鮮烈に目に浮かび、語り掛けられているような錯覚に陥った」［272頁］）。終わるのかと思った彼女の演説は、終わることなく続き、突然彼女と楓のことに向けられる。

『モアイは、最初は、たった二人でした』
秋好は、話を終わらせなかった。
空洞だった胸が、久しぶりに全身に、血液を送ったような音をたてた。
『口約束のような、好きな友達と遊ぶ口実を作るような、チームでした』
僕は、前のめりになる。
目の前には、マイクを握る秋好がいた。（272―273頁）

そして、決定的な一言。「私がいなければ、幸せだった人が、いる」（274頁）。この痛切な一言は、楓が彼女と決別した際、彼女に対して口にしたかもしれない一言、「お前がいない方が幸せだった」（252頁）と奇しくも重ね合わされる。彼女はまさに、心に血を滲ませる思いで、この一言を発しているのだ。

楓の気持ちは、寿乃のこの言葉を境に、彼女に近づいていく。頑なだった彼の心が覚醒し、「他者」に開かれる瞬間だ。自分が彼女にしてきたことを「後悔と、恥」（275頁）と受け止め、独りよがりで、「定型文的」な生き方をしてきたことを心から悔いる彼がそこにいる。人は互いに変化していくなかで、時には寄り添い、時には対立し、生きていくのだ。相手も変われば、自分も変わる。当然、傷つけ合うこともある。楓は今、それに気づいている。自分でも言うように、彼は、相手が「全てを受け入れて、受け止めて、飄々（ひょうひょう）と笑ってくれるんだと勘違いしていた」。「つまり、彼女を人間として見ていなかった」。「形の決まった存在のようにして決めつけていた」（276頁）のだ。

楓は以前、寿乃に、「お前は僕を、間に合わせに使っただけだ」（251頁）と非難したことがあった。彼女は、その時、「……そうかもしれない」（251頁）と頷いただけだった。だが、今の彼は、人が人を間に合わせとして使うことが、決して間違った行為でないことを理解している。人は一人では生きられない。自分にできないことを、誰かに補ってもらうことで、生きていくしかないのだ。「誰しもが、誰かを必要な何かとして間に合わせに使う」（277頁）。それは別段、悪いことではない。人は皆、そうして生きているのだ。楓だって無論、そうして生きてきたし、これからもそうして生きていくだろう。自分が「間に合わせとして使われた」こと。楓は、それを今、「他者」から必要とされたこと、手を差し伸べられたこととして、素直に受け止めている。

必要とされたじゃないか。
僕だってきっと、声をかけてもらえて嬉しかったはずだ。
その瞬間の気持ちで十分だったはずだ。
間に合わせって、つまり、心の隙間を埋められたってことだ。
心の隙間に、必要としてもらえたってことだ。
空洞を埋められる人になれたってことだ。
今、僕の心に生じたような空洞を、埋めてもらえたらどれだけ救われるだろう。
それを出来たはずだったのに、僕は、友達を傷つけた。
なんて、ことだ。（278頁）

楓は、こうして、自分の間違いが、「秋好のこと以外はどうでもよかった」（282頁）、彼女が「僕のことだけを、見てくれなくなる」（291頁）という気持ちに起因していたことに思い至る（「なんの誤魔化しようもない、僕がモアイを嫌ったことも、周りの誰を嫌ったことも、全ての本音が恐らく、そこにあった」［291頁］）。つまり、楓は寿乃を一人の人間、一人の「他者」としてではなく、楓＝寿乃という関係のなかだけに閉ざされた存在として、扱おうとしてきたのだ。だが、それでは相手が窒息してしまう。かつての知り合い、脇坂が言うように、「一人の人間だけを見られる奴なんていない」（291頁）。寿乃だって、無論例外ではない。だが、続けて脇坂が語るように、「彼女［寿乃］は君［楓］のこともちゃんと見ていた」（291頁）のだ。楓には、それが分からなかった。分かろうとしなかったのだ。

語り手の企み、そして再会

楓が一人の人間、一人の「他者」としての寿乃に至り着いた時、二人の関係は完全に断ち切られていた。もう、すべて手遅れなのだ（「もう間に合わない、もう巻き戻せない」［296頁］）。しかし、この絶望的な断絶は、就職後に出向いた、母校での学生たちとの交流会において一変する。そこで待っていたのは、川原さんこと、川原理沙だった。不思議と言えば不思議、必然的と言えば、あまりに必然的だ。川原さんも既に卒業し、二年が経っている。彼女は四年生の時、モアイに代わる団体の代表者を務めていた。そして、この交流会に楓を招待してくれたのだ。彼はそこで、学生時代に経験したこと、学んだことについて問われ、「大切な人を傷つけて後悔したことです」（305頁）と打ち明ける。大切な人とは、言うまでもなく、寿乃のことだ。そして、話をこう締め括る。

「もう二度と、あんなことをしたくない、大切な人を傷つけたくないと思ったことが、仕事においても日常生活においても、僕に大きな影響を与えた学生生活の中での出来事です。僕もまだ少しずつですが、大切な人達を傷つけない、居場所のような人間になれたらと、気恥ずかしい言い方になるんですが、思っています」（306頁）

そしてそれは、そこにいない寿乃に向けられたとも思しきメッセージを伝え終えた瞬間だった。学生たちの後ろで彼を見つめている一人の女性に気づくのだ。

そうして、目が合った。
彼女と、目が合った。
［……］
目が合って、僕は呼吸を止めた。
相手は、ためらいがちに、一度頷いた。
僕を見たまま、唇を開きかけて、また閉じた。
［……］
スーツ姿の彼女は、ただじっと僕を見ていた。（306―307頁）

彼は最初、それを「幻」だと思う。だが、彼女の後を追いながら、それをきっぱりと否定する（「幻じゃない」［308頁］）。そして、彼女の背中に追いつく。

この最終場面の述懐では、重要なメッセージに加え、この物語の結構（組み立て）を決めた、語り手の巧妙な仕掛けが開示されている。楓は今、寿乃を自分と異なる一人の人間、一人の「他者」として認め、受け入れようとしている。「そして、自分とは違う君のこと。／今なら、受け止められる」（309頁）。この「自分とは違う君のこと」という表現は、先に述べたように、以前、彼が彼女に求めていた「自分と違う僕のこと」（245頁）という表現と響き合っている。楓は、これまで無視し、抹消してきた互いの「他者性」を、大切なものと思念することで、彼女との関係を取り戻そうとしているのだ。たとえ、彼女に無視され、拒絶されようとも。

語り手である楓は、物語の早い段階から、読者を欺く言明をテクストに書き入れてきた。それは、「あの時笑った秋好はもうこの世界にいないけど」（29頁）といった類の表現である。それは友人の董介に対してもなされている。「お前と一緒に作った友達は、その、もう」と聞いた董介に、「もうこの世界には、いない」（55頁）と答えているのだ。楓はいわば「信用のおけない語り手」だ。「この世界にいない」という言い方は、普通、死んでいることを意味する。つまり、読者は寿乃の死というイメージを携えたまま、物語を読み進めることになるわけだ。だが、彼女は生きていた。「この世界にいない」という楓の言明は、「他者」としての寿乃を自身の心から抹消するためのものに他ならなかった。つまり、彼は大嘘をついていたのだ。最後の頁にある「僕がついていた嘘を、本当にした」（309頁）という宣言は、「秋好が嘘にしてしまったことを、もう一度僕が本当にする」（204頁）という決意と呼応し合うが、ここで言われる「僕がついていた嘘」とは、まさに寿乃の「死」を匂わせてきた楓の虚の語りに他ならない。『青くて痛くて脆い』は、青春時代の様々な確執をとおして、「他者」の死と再生を物語る小説なのだ。

第６章

『麦本三歩（むぎもとさんぽ）の好きなもの』

そうやって生きてるんだろうね、私達は

名前が語るように、歩くこと（散歩）が好きな麦本三歩――ちなみに、彼女は本好きでもある――は、勤め始めてほぼ二年になる大学図書館の職員だ。同僚が指摘するとおり、彼女の性格は一言で言うなら「天然」（262頁）。彼女自身、この言葉があまり好きではないが、「天然」は「天然」以外の何者でもない。職場では年長の先輩たちに囲まれ、楽しく勤務している。だが、その掴み所のない性格と行動が、数々の細やかで、可愛らしくもある騒動を引き起こす。職場には「いじめ」や「パワハラ」は存在しない。いたって健全な環境だ。そして、先輩たちは皆、個性豊かだ。

作品タイトル、そして十二の章題が暗示するように、三歩は自分の好きなものに拘り、それを愛することをモットーに生きている。ある意味では「自己完結的」と言える。自分が自分だけの世界を持つことは無論大切だ。だが、それはともすれば、周りの人たちを忘れさせる。「他者」たちとの「関係」を遠ざけてしまうのだ。しかし、三歩も成長する。それを支えるのが、彼女を取り巻く友人たちや先輩たちだ。この物語は他の住野作品と同じく、人と人との「関係」を優しく、そして時には厳しく描き出している。作品中に頻度高く現われる「関係」、「人間関係」といった言葉が、この物語の基調を何よりも的確に照らし出している。

では、三歩の歩みを一歩一歩追って行くことにしよう。

モノローグ的世界の住人

三歩は、人とのコミュニケーションが決して得意ではない。勤務先の図書館でも、受付を担当するのが苦手で、一人で配架の作業をしている方が落ち着く。同僚の先輩たちとも、あまり長話をしない。結果的に、彼女の心情吐露は、自分に向けた「内言」という形になる。無論、物語の語り手ということもあるが、彼女は基本的に、対話者の存在をほとんど必要と感じていない。自分の事柄を自分に向け、淡々と語る、つまり、一種のモノローグ的世界で生活しているのだ。彼女のコミュニケーション能力は、そうした「内言」である限り、正常に機能し、大きな破綻を招くことはない。問題は、他者との間で交わされる「外言」の場面で現われる。人と面と向かって話す時、彼女は考えられないほどの頻度で「嚙む」、すなわち、言い間違いをしでかすのである。この嚙み癖は結局、物語の終盤まで維持され、最後もまた彼女の「内言」という形で締め括られる。だが、それは彼女が最初から最後まで全く変わらないという意味ではない。彼女は、自己の「内言」的世界に身を置きつつ、物語の途上で周囲の人たちと「外言」を交わし、相手との距離を確認すると同時に、「他者」との関係を模索しようとするのだ。物語の進展に伴い、周りの人たちが、それまでとは違う強度で、彼女の生活に関わってくる。そして、彼女もそれを前向きに受け入れようとする。最初はあまり上手く続かなかった会話も、徐々に対話（ダイアローグ）と呼ぶに相応しい形にまで進展する。「優しい先輩」、「怖い先輩」、「おかしな先輩」、大学時代の男友達、「麗しい友人」などとの掛け替えのない交流を通じて、彼女は少しずつ変わっていくのだ。

「内言」から「外言」へという移行は、彼女が地下室の書庫に閉じ込められるという経験によって、間接的に示唆されているように見える。ある日、地下の書庫で仕事をしていた時、突然停電が発生し、彼女は暗闇の中にただ一人取り残される。声を上げても、誰も答えてくれない。つまり、「他者」と話す回路を完全に断たれてしまうのだ。彼女にできることは「内言」しかない。「あ、いや、まだ大丈夫ですよ？」（46頁）といった自己確認的な言葉を呟くか、椅子に対し心の中であれこれ声を掛けるしかない。いわば、完全なモノローグ状態に陥ってしまうわけだ。「どれだけの間一人でいなければいけないか分からない状況」（44頁）のなかで、彼女の不安は次第に膨れ上がっていく。だが、そうした状態のなかで、彼女は自分以外のものへ少しずつ意識を向けていく。他の人がいない以上、それは物である他ない。彼女はあたかも人であるかのように、自分が座っている椅子に内言的に語り掛ける。そして、椅子を一人の対話相手として思念するのだ。椅子を人と捉え、人に対して使われるような言葉——「元の関係」（49頁）、「共存」（54頁）、そして最後には「友達」（56頁）——を脳裏に浮かべたり、口にしたりする。

彼女のこうした体験は、人間の本質に関わる大切な問題を効果的に暗示している。それは、いついかなる状況においても、人は「他者」のことを思い、言葉による関係・共存をできるだけ可能にしていかなければならないということだ。自分に関わる人たちが、たとえどんな人であっても、彼女は今、「外言」という形を介し、一歩一歩そうした人たちの方へ向かおうとしている。ちなみに、停電事件の後、「おかしな先輩」から自身の体験を聞かれた三歩は、「嚙む」ことなく、次のように応じている。

確かに、大変だったのは、大変だったのかもしれないけれど。

「なんか、ワンポイントでしたね」

周りの色を映えさせるワンポイント。普段気づかない魅力に気がつくためのワンポイント。
（60頁）

この突発的な体験は、その後幾つもの「ワンポイント」を三歩に与える出発点のようなものとして記憶されることになるだろう。証拠というほどではないが、彼女は既にこの時、言葉を交わし合った「おかしな先輩」との間に、嬉しい心の結びつきのようなものを感じ取っているからである（「おお。なんだか初めて、おかしな先輩と心が通じた瞬間があった気がして、［……］」［60頁］）。

優しい先輩

住野作品の根底にあるテーマの一つは、「距離感」である。三歩が日々気にしているのも、まさにその「距離感」だ。「距離」、「距離感」といった言葉は作品の随所に現われるが、彼女は自分の行動指針のようなものについて、「いつも生きる上で人とそれなりの距離感を作ってきた三歩は、未だに彼女（おかしな先輩）の何を考えてるのかよく分からない距離感に戸惑う」（20頁）。と述べている。つまり、彼女は外的で苦手な「他者」と直面する時、常に何らかの「差異」を感じ、動揺させられるのだ。彼女の自己規定には、外的他者からの距離を思わせるものが幾つも存在する。「三歩は休日を一人で過ごすことが多い」（64頁）、「自分用の規律でどうにか欲望を飼いならす」（69頁）、「三歩の明らかにコミュニケーションが苦手だと分かるお願い」（97頁）、「人見知り」（103頁）、そして極めつけは「言えない人」（115頁）。結果的に、彼女の行動は単一的でモノローグ的なものになり、「変化」というものにはほとんど縁がないことになる。毎日、自分が好きなものだけに意識を限定し、生活しているのだ。

そんなある日、三歩は「優しい先輩」から「デート」を提案される。先輩はもちろん女性。「他者」からの思いがけない誘いだ。「優しい先輩」と勝手に呼んでいるが、この先輩は三歩のイメージをあっけなく崩壊させる相手、まさに「他者」である。図書館で暴言を吐いた男子学生に、彼女は普段とはまったく違う、蛇を想像させるような態度を示す（「さっきまでと同じはずの先輩の笑顔が優しいものには見えなくなっていた。いや、優しいのには違いがないんだけれど、奥に、何かがいる」［96頁］）。

約束した日、指定された駅で待っていると、先輩が連れていってくれたのは、公立の図書館だった。子どもたちに紙芝居を読んで聞かせる先輩のアシスタントをするというのが、そこで三歩に与えられた役割だったのだ。彼女は無論たじろぐ。そこには、子どもが続々と十二人も集まってきたからだ。目の前に、まさに十二人の「他者」どもが姿を現わしたのだ。「三歩にとっては猛獣が十二頭いるもおんなじだ」（105頁）。子どもたちから「さんぽ、さんぽ」と囃し立てられても、それに応じて適当な反応を返すこともできない。救いは、子どもたちの示す紙芝居への素直な姿勢だった。子どもたちの振る舞いが意外としっかりしていることに彼女は安心したのだ。彼女のような「人見知りにとって子ども達の何が怖いって、心の方向性が全く読めないところなのだ」（106頁）。だが、三歩の膝の上に一人の少女が座った時、彼女の驚愕は頂点に達する。それは彼女にとって、まるで「江戸時代の拷問か何か」（106頁）と感じられた。横にいた男の子に「さんぽこわいの？」と声を掛けられ、彼女は無理やり笑顔を作る（「怖いというなら君達が怖い」［106頁］）。子どもたちのことを天敵とみなす彼女にとって、紙芝居の上演会場は、まさに修羅場以外の何ものでもないのだ。紙芝居が終了した後、先輩からお礼を言われた彼女は、「い、いえ、何も」（111頁）と返すが、その返事には「何もしてないです、に加えて、何も分かりませんでしたという意味があった」（111頁）。彼女にとって大切なのは、あるものやある事の意味がとにかく分かることなのだ。だから、自分とは異質で自ら苦手と考えるもの、つまり理解できない「他者」は、恐怖の対象でしかない。だが、根が真面目な三歩は、必死に考える。今日自分が先輩から学べたことを。そして、彼女にしては初めて雄弁に、かつ一度も「噛む」ことなく、先輩に次のように自分の発見を伝える。

「なるほど、今まで私は子ども達にまで大人を相手するように接しなければならないと思い、でも思ったような反応をしてくれない子ども達が苦手だった。でも、そうじゃなく、良くないことをしている人達のことを逆に子ども達と同じだと捉えることで、寛大な心を持ち、より優しく分かりやすい言葉で、きちんと感情を伝えなさいと、それを教えようとしてここに連れてきてくれたんですね？」（113頁）

こうした三歩の熱弁は「……いや、違います」（114頁）という先輩の言葉によって無残にも否定されるが、先輩は決して、彼女が意を決め口にした渾身の「外言」をすべて間違いだと言っているわけではない。三歩の言葉には無論おかしな所もあるが、その自己分析は彼女の内にあるものをかなり明確に捉えている。先輩が三歩に向かって言う最後の言葉は特に的確で印象的だ。「言えない人がいてもいいと思うよー」（115頁）。彼女は「他者」としての後輩をよく理解してくれているのだ。自分のことを「私が言えちゃう人なだけだからね」（115頁）と相対的に表現することで、人は皆それぞれ、つまり、三歩と自分が互いに異なる掛け替えのない「他者」同士であることを伝えようとしているのだ。三歩の言語表現は、この「優しい先輩」との出会いによって、「内言」から「外言」へという他者思考的な方向に大きな一歩を踏み出している。「次のデートの予定が出来たことを喜び、三歩はそれをきちんと言葉にして、優しい先輩に伝えた」（118頁）。

だが、「優しい先輩」の意図は、三歩の性格や生き方を変えようとするものではない。「言えない人がいてもいいと思うよー」という彼女の言葉には、人にはそれぞれの形があり、それらがすべて「差異」を孕んでいることの大切さや素晴らしさを伝えたいという思いが感じられる。篠原資明は『トランスエステティーク――芸術の交通論――』（岩波書店、一九九二年）のなかで、双方が互いの異質性を保ったまま交流し合う様を「異交通」と表現したが、彼女が思念しているのも、まさにそれと同質の事柄だ。三歩自らが変わっていくのも、無論自然なことだ。そして実際、彼女は少しずつ変わろうとしている。

大学時代の男友達

三歩には遠慮なく自己の内を晒すことができる友人がいる。大学時代に非常に仲の良かった男友達だ。彼は最近、彼女の住む町に引っ越してきた。早速、歓迎会を開こうと焼き肉屋で待ち合わせる。彼は学生時代と変わらず快活で、会話も楽しい雰囲気で進んでいく。だが、その時、彼女はふと気づくのだ。自分も彼も変わってしまったことに。ほとんど変化することなく歩んできた彼女、そして今もそのままの彼女。そんな彼女のイメージが、大きく揺らぐ瞬間だ。彼と再会しなければ、おそらく気づくことのなかった、自分や相手の中で生じている変化。それを生々しく実感する場面だ（「変わってないだろうか。いや、変わった気がする。人は変わる。彼と出会ってたった五年か六年くらいしか経ってはいないけれど、それでも自分は変わったろう」［131頁］）。変わったのは彼も同じだ（「変わったと思う。彼は変わった。［……］変わった自分とあの頃と変わらないような空気で接しているのだから彼もまた変わったということなのではと思う」［132頁］）。これもまた、「他者」との出会い・交流によって意識化されることだ。モノローグ的な世界ではなく、ダイアローグ的な世界において初めて言説化される事柄だ。

しかし、この男友達は、三歩が考えたことのない深刻な悩みを抱えていた。「嘘をついた」（140頁）と言って語り出される彼の話は、「死」という過酷な問題を突然彼女に突きつけるのだ。

「死のうとしたんだ」

全てを三歩がいきなり理解するのにはいくぶん無理のある隠し事を、彼はとうとうと喋り続けた。

そんな突然何を言い出すのかと、三歩は思ったけれど、人の気持ちを聞かされる側はいつも突然に決まっているのだった。

彼は、仕事の都合で三歩のいる町に引っ越してきたというのも嘘だったと言った。

「死のうとしたんだ。んで失敗した」(141―142頁)

次は確実な方法で死のうと思った時、彼はふと三歩に会いたくなり、連絡してきた。「死」は誰にとっても、安易な対処を許さない問題だ。「麦本三歩は~が好き」という章立てで綴られていくこの平穏な雰囲気の物語――ちなみに、この章は「麦本三歩は君が好き」――には、まずそぐわない展開と言えるだろう。三歩にとっても最大のピンチだ。すぐにも何か言葉を返したいと思うのに、それができない。自分の考えていることを口にできる数少ない相手でありながら、互いに何一つ言葉を発することができない。自分の知らない相手の心、すなわち「他者」の側からの発言は、三歩も言うとおり、決まって突然であり、速やかな反応を許さない。だが、黙っているわけにもいかない。三歩は、自己の「内言」を、彼女の苦手な「外言」に何とか変成しようと頑張る(「だから、三歩は自分の心を形にする十分な時間を得た。／自分自身の心を彼に伝える言葉を、不得手ながら掴むことが出来た」[143頁])。そして言葉は解き放たれる。「死んでもいいよ」(144頁)。何という言葉、と読者は驚くかもしれない。だが、その真意はそれに続く彼女の真摯で正直な主張――もちろん、一度も「噛む」ことなく発せられる「外言」――によって、十全に伝えられている。

「君の辛さは、私には分からない。だから、もし、本当にもう何もかも耐えられないと思ったら、死んでもいい。止められない。死んじゃ駄目なんて、君の辛さが分からない私には決められない。君の人生だから」

「……」

「どう変わってもいいよ。君がどれだけボロボロになっても、なんにもなくなっても、君が死んだとしても、君を好きなままの私が、少なくともいるから、安心して、生きてほしい」（144頁）

「死んでもいいよ」という彼女の発言が、男友達に自殺を勧めるものでないことは明らかである。彼女の願い。それは「安心して、生きてほしい」、ただそれだけなのだ。

彼女は、男友達を介し、「死」という深刻な問題に関わることで、多くの大切な事柄を学んでいる。ここでは特に、二つのことを指摘おきたい。一つは、自分と自分以外の存在を隔てる「溝」あるいは「差異」という見方を、彼女はここで、明確に自分のものにしているということ。つまり、人はどれほど親しく、分かり合っていても、それぞれ別の存在（「他者」）であり、その内面的な認識には限界があることを実感し、理解しているということだ。そして、もう一つは、苦手にしてきた「外言」の価値を評価し、自分の考えを「他者」に向けてきちんと発信することができたら、と考え始めていること。三歩にとっては極めて貴重な進展だ。


もう少し上手く言葉をまとめられたら。もう少し上手に彼を前向きに出来るような言葉をかけられたら。いくら思っても、これが三歩だ。（145頁）

彼女の言葉は今、十分、彼の心に届いている。最後に彼がかけてくれたお礼の言葉、夜一人になって、布団の中で流した涙。それは、大切な友達、そして掛け替えのない「他者」が、三歩に与えてくれた貴重で大切な贈り物だ。

怖い先輩

三歩には、「怖い先輩」とニックネームをつけた同僚の女性がいる。彼女には、失言・失敗の度に、厳しい口調で突っ込まれたり、頬っぺたを摘まれたりする。それは無論、陰湿なパワハラや暴力ではない。彼女独特の愛情表現なのだ。だが、それを承知していても、彼女が傍にいると、やはり緊張してしまう。この「天敵」（152頁）には、あまり接近し過ぎないことが肝心だ。

ところが、偶然は、この最も遠い位置にいると思われる二人を突然近づける。ある夏休みの一日、家で食べる山のようなお菓子を買いに、お気に入りのスーパーに出かけた時、お菓子コーナーの脇を、まさにその「怖い先輩」が通り過ぎたのだ。「うわっ」と思わず発した声で、彼女は無残にも相手に気づかれてしまう。できれば、一人で楽しむ夏休みの時間を台無しにしたくはなかった。三歩最大の失敗である（「三歩の背中を汗が伝う。もう口には出さないけれど、三歩の頭の中は、うわっ、とか、まじかよ、とか、嘘だろ、とかでいっぱいだった」［152頁］）。彼女の「外言」は必要最低限の範囲に閉ざされ、その「内言」も短い呟きに追いやられる。

何気なく先輩のかごを覗き込むと、そこには白身魚の切り身が二切れ入っている。それに気づいた先輩が、必要以上に買うところだった切り身を、「三歩使う？」と聞いてくるが、如何せん、三歩にはそれを煮つける能力も技術もない。ところが、その瞬間、目の前の「天敵」から思いがけない言葉が降りかかってくる。


「三歩さ、煮つけ食べる？」

「……」

「うんだから、私が作った奴」

「……」

「うち、こっから近いんだよ。すぐんとこ。カレイの煮つけ作るから、食べてく？」（154―155頁）

三歩に迷うという選択はない。いくら先輩が「天敵」のような存在であろうと、三歩の食欲と喜びは、もうこの「怖い先輩」の優しい誘いを押しのけることができない。それまではひたすら怖いだけの女性と思っていた先輩の違う一面に触れたことで、三歩は今、この遠かった人のすぐ近くにいる。


「マジか。えー、ていうか初めて料理食べてもらうの緊張すんな」

にかりと照れ笑いを浮かべながら生鮮食品売り場の方に歩き出す先輩。普段とは違う台詞と表情の可愛さに撃ち抜かれた三歩は、あれこの人が私の彼女だったっけ？　と錯乱しながら後

を追う。(155―156頁)

職場では常に厳しい先輩も、この食事会では三歩に違う側面を見せてくれる。だが、彼女は決して、百面相的に変わってしまうわけではない。彼女はいつもどおりの彼女でありながら、それとは少し異なる彼女を見せてくれるのだ。それは、三歩が「怖い先輩」としてきっちり枠づけしてきたイメージとは大きく異なっている。人は瞬間毎に結びなおされる関係によって、互いの印象を少しずつ変えていく。職場で接している限り、「怖い先輩」は「怖い先輩」のままかもしれない。だが、休暇中に彼女の部屋で食事をするという、あまりにも予想外の状況に置かれ、三歩と先輩は、相互の間に、それまでにはなかった新たなものを付け加えていく。苦手なはずの先輩を相手に、三歩はいつになく雄弁になっている。大好きなお菓子について話す時、そこに普段の彼女はいない。もちろん、「噛む」こともない。製菓会社の本社場所を知らないで突っ込まれた時、彼女は、この「怖い先輩」に堂々と反論する。まるで、主客逆転といった有様だ。「美味しいご飯までご馳走してくれた先輩に何説教してんだ、やっちまったー」(168頁)と、しきりに反省心を覗かせようとしていると、またもや先輩から、完全に想像を超えた言葉が返ってくる。

「ごめん」

ところが、怖い先輩のその一言が三歩を踏みとどまらせた。先輩を見ると、とてもバツの悪そうな顔をしていた。初めて見る表情だった。

「そう、うん、おかしいよな、本当にごめん」（168頁）

三歩にしても、読者にしても、こんな「怖い先輩」の態度に接するのは初めてである。職場では無論、絶対に想像もつかない姿だ。「怖い先輩」が三歩に謝るなんて。三歩は、自分と先輩の距離が一気に縮まったと思い、内心、ほくそ笑む。

雨降って地固まるという言葉があるように、何かしらの摩擦があって人と人は親密になるものなのだろう。あの日以来、三歩は怖い先輩との距離がぐっと縮まったような気がしていた。（170頁）

だが、現実はそれほど甘くない。人が昨日までの自分を手放し、突然変身することなど、まずありえないからだ。休みが終わり、出勤して早々、三歩は以前と変わらない「怖い先輩」の怒鳴り声に引き留められる。職場での彼女は、少しも変わっていないのだ。だが、先輩宅での食事会は、二人の間に何かをもたらしてくれた。それは明らかである。三歩の失敗を叱りつけ、受付カウンターに出ていく時、先輩は照れくさそうに笑い、「補充しといた」（171頁）と流し台の方を指さす。そこに置かれたバスケットには、二人の好きなバームロールが、今まで見たこともないくらい大量に入れられていた。

三歩のなかで、「怖い先輩」と「可愛い先輩」が瞬時に入れ替わる（「ひながらでもローマ字でも二文字違い、その変換はすぐだ」［172頁］）。だが、それはほんの束の間に過ぎず、相手はまた、「怖い先輩」に立ち戻っていく。二人の微妙な変化は、周りの同僚たちにも感知されている。「おかしな先輩」と「優しい先輩」は、その微笑ましい関係を愛情たっぷりに見守っている（「いつ見ても楽しそうなプレイだよね」、「ねー、三歩ちゃんとあの子が羨ましいです」［173頁］）。距離は相変わらず存在する。だが、それは時折縮まり、不器用ながらも、穏やかで味わい深いハーモニーを醸し出すのだ。

仕事が終わった後で、三歩は怖い先輩と仲良くバームロールを食べ、そして仕事上の大事な報告を忘れていたことをまた怒られた。（173—174頁）

麗しい友人

天然キャラで浮いている三歩にも、良い友人がいないわけではない。懸賞応募が趣味の母から、温泉旅行のペア宿泊券をもらった時、彼女が誘いをかけたのも、そんな女性の一人だった。それは、三歩が「麗しい友人」と呼んでいる美しい女性で、小楠（おぐす）という有名小説家のもとで仕事をしている。三歩は本を読むのが好きなので、彼女からいろいろな話が聞けることを楽しみにしている（「三歩は友人の仕事の話を聞くのが好きだ。自分の知らない世界の話が好きだし、そこで生きている友人の話を聞き想像すると、まるで物語を読んでいるような気分になってくる」［207頁］）。二人の間で取り沙汰されるのは、やはり「人間関係」の話だ。それは決して快いことだけではない。美人の友人と作家先生の間には、言い知れぬ対立や確執が渦巻いているのだ。それは、三歩が職場で抱えている、あの

「怖い先輩」との関係にも似ている。どうやら、二人は普段、しょっちゅう遣り合っているようなのだ。

「やっぱ、私達、同い年で同性ってのも衝突が生まれる一つの要因だと思うんだよね」

「……」

「仲良く出来るって部分もあるけど、そうじゃない部分もあるよー。意地になっちゃうんだよね、お互い。三歩は前言ってた怖いお姉さんとは上手くやってんの？」（207頁）

話は勢い、作家先生と「怖い先輩」のことになるが、彼女たちはそれぞれ、「他者」に対する「位置取り」のようなものをそこで確認し合っている。三歩が誰かと「他者」について語り合う稀有な場面である。美しくて、欠点などないように見える友人。そんな彼女にも、悩みもあれば、好きになれないものもある。それが人というものなのだ（「全部含めて大好きってことでいいんだよね」、「そう言われると、素直に認めたくはないなー」［214頁］）。

彼女が寝入ってしまったので、一人で昔のことを考えていると、学生時代の、美しかった彼女の「容貌」が蘇る。彼女は学生の頃、容姿のことでは苦労してなさそう、と男子たちに言われたことがあったのだ。だが、それに対する返答は、「三歩の心を撃ち抜いた」（217頁）。本当に格好いいと感じたからだ。「そうだったらいいな、私、自分の顔を武器だと思ってるから」（217頁）。彼女のこの応えは、絶対的な自信から発せられたものではない。先ず、「容姿」は自然によって与えられたものであり、自らが自由に変えられるものではない。それは、人それぞれに固有で、掛け替えのないものなのだ。また、この「麗しい友人」は、その美貌のお蔭で、ひたすら恵まれた人生を歩んできたわけでもない。それは時として、負の方向に働くこともあったのだ。彼女と長い付き合いの三歩は、これまでそれを何度も目撃してきた。「天然」的な性格の彼女にも、この友人との貴重な関係のお蔭で、人それぞれが抱え込む複雑な生の二面性は、きちんと認識できている。この友人は、高校時代に、たぶん容姿のせいで、いじめに遭っていた。人は容姿に恵まれただけで、万事順風満帆というわけではない。それぞれが皆、各自の問題と戦い、可能な限り平穏な着地点を模索しながら、日々生きているのだ。人は「他者」と同じ質・量の「荷物」を背負うことはできない。そこには、その人にしか分からない、その人にしか対処できない、「差異」の重さがある。だから、その「荷物」については、決して恨み言を言わない。三歩が譲れない「ファン」である友人から学び、自己の生の鑑にしようとしているのは、明らかにそんな格好の良さなのだ。

自分は生涯同じ重さを体験出来ないだろうと三歩が思っている、友人が生まれながらに持たされてしまった大きな荷物。
その荷物への恨み言を決して三歩の麗しき友人は言わない。自分の外見は武器だと胸を張り、傷つきながら戦っている、三歩はそれを知っている。(218頁)

三歩と「麗しい友人」の関係は、そうした関係と関係するもう一つの関係に、彼女の思考を差し向けることになる(「[……]三歩は今まさに、友達と、先生の関係について考えを巡らせていた[……]」

［219頁］）。それは、自分以外の「他者」と「他者」の関係だ。眠ってしまった友人のスマホに着信がある。見ると、画面には小説家、小楠先生の名がある。そこで彼女は何をするのか。彼女は、その会ったこともない小説家の存在に緊張しながら、スマホに向かって、言葉を伝えるのだ。無論それは、彼女の独り言だ。相手に届くことはない。だが、それは「内言」でありながら、彼女から「他者」に向けて発せられた、真摯なメッセージとなっている。


「先生」

「……」

「あのですね、この子は、あなたのことが大好きなんです。喧嘩もするし、イラッとすることもお互いにあるかも。でも、先生もこの子のことが大好きになると思います。天才と呼ばれるあなたはきっと、私が全部は共感してあげられない、この子の心の、かけらみたいなものを理解してあげられる人です。だからどうか、この子のこと、よろしくお願いします。この子の、親友からのお願いです」（219―220頁）

この「内言」でもあり、「外言」でもある言葉は、一度も「噛む」ことなく言明されている。それに、いつもの彼女からは考えられないほど、堂々とそれなりの量の内容を伝えている。互いに異なる存在である以上、確執や対立もあり得ること、昔からの親友である自分にも、彼女のすべてに共感しているわけではないことが、相手とは違う自分という立ち位置から、誠実に吐露されている。このたった一夜だけの交流が、三歩の「内言」を外に押し開き、人と人との関係を大切に築き上げていくためのヒントを彼女に与えている。

三歩がスマホに向かって口にした「内言」には、実は聞き手がいた。彼女は、後に「麗しい友人」から届いたメール――『本当にありがとう！　三歩も体に気をつけて、親友からのお願い。』［226頁］――を見て、それに気づく。あの晩、寝入ったとばかり思い込んでいた友人は、何と寝たふりをしていたのだ。こうして、三歩の「内言」は名実ともに、「外言」となった。これもすべて、「麗しい友人」のお蔭だ。だから、三歩のぼやきも大目に見ることにしよう。「［……］先生寝たふりをするあの子を懲らしめてやってください［……］」（227頁）。彼女は自分の意を決した発言が、「内言」から「外言」に転換したことが、まだ顔が真っ赤になるほど恥ずかしかったのだ。

おかしな先輩

三歩の職場には、「優しい先輩」、「怖い先輩」、そしてもう一人、「おかしな先輩」と彼女が呼ぶ女性がいる。優しいのも、怖いのも、ある程度はその言動を把握できるし、徐々に適当な接し方を学ぶことができる。だが、「おかしな」となると話は別だ。「おかしい」とは、文字どおり、その心が読めず、その反応を見定めることができない、ということだからだ。「おかしな先輩」は三歩にとって、いわば、最大最強の「他者」と言ってよいだろう。

そんな三歩は、ある朝いつものように起床し、電車を待つ列に並んだ時、「自分の心と真摯に向き合った」(232頁)。そこで頭に浮かんだこと――「あー行きたくね」(232頁)。職場に行きたくないという気持ちが、その朝、頂点に達してしまったのだ。彼女の気持ちは抑えられない。結局、職場から幾つも先の駅で降り、そこから風邪を装い、欠勤届の電話をした。この時の彼女は何故か高揚していて、後先のことはほとんど考えていない(「やってしまったー！ と三歩はならなかった。ばれたら指導係の姉貴にしばかれるだろうと恐怖を覚えながらも、やってやったぜふひひとアウトローに前向きな気持ちで柔らかく高揚していた」〔233頁〕)。彼女はその後、大きな本屋さんに行き、自分の決断の可否をあれこれ考えながらも、何とか自分の時間を遣り過ごす。その日、彼女の心にあったのは、ある種の予測のようなものだった。「神様というのは大抵、思い切りの良いものの味方なのである。じゃあ思い切り良く行動した時に意地悪するのはどこの神様かと三歩は思うが、それは別の神様なのだろう。残念」(237頁)。

この予測は、最後に添えられた「残念」という言葉が示すように、ずばり的中してしまう。翌朝、昨日の嘘がばれないように厚着をし、マスクを着けて出勤すると、職員用控室で一人スマホを見ている「おかしな先輩」が目に入る。三歩の様子に気づいた彼女は、「三歩、風邪？」(239頁)と優しげに声を掛けるが、それに続く言葉が、三歩を混迷の淵に突き落とす。「昨日は元気そうだったのにー」(239頁)。まさに青天の霹靂。就職以来、最大のピンチ。彼女は、三歩の昨日の行動をしっかりと目撃していたのだ。三歩の「外言」はまた噛み始める(「……へ？……きの、の」〔239頁〕)。三歩は必死に口封じの手段を考えるが、うまくいくはずもない。すぐ後、部屋に入って来た「怖い先輩」にも、「三歩、風邪大丈夫かー？」(241頁)と声を掛けられ、絶対絶命のピンチ。だが、その時、「おかしな先輩」

から思わぬ言葉が。「なるほど、じゃあまだ油断は禁物だねー」（243頁）。一瞬ほっとする三歩。だが、人生、そう甘くはない。「いつものあまり感情の読めない笑顔のまま」（243頁）三歩に近づいてきた「おかしな先輩」は、まさに奈落の底に突き落とすような言葉を、そっと彼女に投げ掛けるのだ。「なるほど。三歩も、ずるいこと出来るんだー」（243頁）。だが、心の読めないこの先輩は、周りの同僚たちに事実を報告し、三歩に反省を強いようとはしない。いったい彼女は何を考えているのか。あれから既に五日が経過している。三歩の気持ちは、『赤ずきんちゃん』に登場する、腹に石を入れられた狼のように、重く落ち込み続けている。

だが、どうしても読めないのは、「おかしな先輩」の、いつもと変わらぬ態度。何故、あれ以来、例の件について一言も触れようとしないのか。まったく理解できない相手。まさに、「他者」。そんな存在と偶然遭遇してしまったことの、大きな不幸。三歩の気は滅入るばかりだ。

そのことが不気味で、正直に言えば、嫌で、三歩は自分だけでもにゃもにゃとした気持ちの中に閉じ込められることになってしまった。（245頁）

三歩は悩んだ末、ようやく相手に願いを伝える。今度は一言も噛まない（「［……］先輩、今日どこかで時間いただけませんか？ご相談したいことがあります」［248頁］）。「おかしな先輩」は彼女の願いをあっさり受け入れ、二人で昼ご飯を食べることになる。「優しい先輩」、「怖い先輩」とのご飯は既に経験済みだが、これから展開する読めない状況を考えると、三歩はただひたすら緊張するしかない。

お洒落なカフェに入り、席に着くと、相手は透かさず切り出してくる。「この前、サボったこと?」(252頁)。応じる三歩は、また「噛み」の連続。「他者」と直面した時の兆候だ。だが、相手の言葉は、またもや意外だった。「言わないよー、誰にも」(253頁)。そして、緊張していたものの、この時、三歩のなかで何かが胎動し始める。心の読めない相手に向かって、自分の気持ちを素直に表現することができたのだ。無論、一度も「噛む」ことなく。

「あの、私は、皆さんに、ちゃんと本当のことを話すべき、でしょうか? あの、それを、相談したくて」

言えた、ちゃんと言えた。ひとまずは、今自分が真に悩んでいることを言えた。(253頁)

何を考えているか分からない、苦手な「おかしな先輩」を前に、三歩は今、ちゃんとしたことを、ちゃんとした「外言」によって表明できた自分に気づいている。「おかしな先輩」効果、と言ってよいだろうか。よく理解できない「他者」と接近し、語らうことで、三歩の「外言」は、その力と幅をまた少し広げたのだ。

とはいえ、「おかしな先輩」は一筋縄ではいかない。職場をサボった日のことについてアドヴァイスを求めた三歩に、「どっちでもいいんじゃない?」(254頁)と、平然と応じるからだ。納得できない三歩は、自分の行動を反省し、そうしたことをしてしまった自分に「ひいている」と伝えるが、相手からの返答は、彼女をさらなる混迷の淵に突き落とす。「三歩が自分にひいてるより、私の方がもっと、三歩にひいてるからー」(257頁)。彼女からの言葉は、それで終わりではない。彼女は、三歩を気に入っている周りの同僚たちにも「ひいている」と言い放った後、決定的な一言を三歩に浴びせかけるのだ。「[……]三歩みたいな子は、好きじゃない」(258頁)。自分が万人に好かれる人間でないことを承知している彼女にも、この宣言はやはり強烈だ。彼女は正直に思う。「[……]それを本人に堂々と、そしてこれからも基本的には付き合っていかなければならないはずの、相手に言うだろうか、気が知れない」(260頁)。この時の「おかしな先輩」は、三歩にとって、まさに「他者」そのものだ。コミュニケーションの速やかな成就を拒んでいるとしか思えないからだ。

だから、「おかしな先輩」が言うように、それは決して、「愛あるいじり」(258頁)ではない。彼女は自分とまったく異なる人間である三歩に、真摯にそう告げているのだ。「他者」とのコミュニケーションは、共通コードを有し合う状況のなかで取り行われるものではない。それは、相手の異質な部分と接し、それを否定したり、受け入れたりしながら、育まれていくのだ。「おかしな先輩」の告白は、そうしたコミュニケーションの在り方を明確に示唆している。

「[……]私さ、確かに三歩のこと、好きじゃないけど、でももしいつか三歩のことを好きになり始めたタイミングを訊かれたら、あの日だって答えるよ、三歩が嘘ついて私に共犯者になってくれって目をした日」(261頁)

彼女のこの発言は、職場で愛されている「天然の」三歩にも、それとは別の三歩がいることを教えてくれる。三歩の中にいる別の三歩、いわゆる「内なる他者」としての三歩だ。

「この子、ちゃんとずるいことを自覚的に出来るんだって安心した。あの日まで私、三歩って
いわゆる天然みたいなもんだと思ってたの」（262頁）

しかし、ずるいことが出来ると褒められても、三歩には戸惑いがある。この先輩は相変わらず、三歩にとって「他者」なのだ（「何を考えているのか、分かったことは一度もない」［264頁］）。だが、先輩は、それ以上に強烈な決め台詞を用意していた。「でも、私に言わせたらさ、三歩は［……］もっとずるいことをいつもやってると思うんだよ」（264頁）。三歩はその意味が直ぐに理解できず、愕然とする。でも、彼女の言いたいことは明確だ。それほど難しいことではない。人は誰でも、各自の個性を有し、周囲の人たちと日々の関係を築いていく。誰一人、同じ人間はいない。自分と相手は違うという前提で、皆生きているのだ。だから、たとえ同じことをしても、人の評価はまちまちだ。三歩に許されることも、別の人がすれば異なる意味に解される。「おかしな先輩」がずるいと言ったのは、そういうことだ。

だが、三歩はもはや、おとなしく黙ってはいない。得体のしれない、最強の「他者」とも言うべき先輩に、反撃を試みるのだ。これまでの彼女には、絶対にできなかった、この先輩ありきから生まれた行動だ。彼女は、噛みつつも、絶妙な「仕返し」（268頁）を繰り出す。

「変、変な人だから、って許されてる部分あるんじゃないですか？　私、ずっと先輩をおかしな先輩だって、思ってまず。だから、変なこと言ってても、しょーがないなーって思ってます」（267頁）

まさに、「おかしな先輩」が伝えようとしたことを逆手に取った、的確かつ「純粋な仕返し」（268頁）だ。三歩にもこんなことができるのか、と読者を唸らせる瞬間である。相手は反論することなく、「そうだろうね」と軽く頷き、決定的に大切な言葉を口にする。

「そうやって生きてるんだろうね、私達は」（268頁）

人と人との関係は、なかなか絵に描いたようにはいかない。こじれたり、もつれたり、様々な不和を引き起こす。それは、人が皆、他の人とは異なるものを背負っているからに違いない。互いの関係を平穏に維持しようとするなら、自分とは違う相手の言動を寛大に受け止める一方で、相手とは違う自分の言動も寛大に受け止めてもらうしかない。コミュニケーションに生じる数々の「ノイズ」は、おそらく、そうした妥協によってしか回避できないのだ。「おかしな先輩」が言いたいのは、たぶんそういうことだろう（「ずるいことしたり、人に嘘をついたり、でも生きてかなくちゃいけなくて、自分をそんな嫌な奴だと思いたくなくて、だから他人をたっぷり甘やかして、その代わり甘やかしてもらって、必ずちょっとだけ反省して、生きていくしかないんだと思うよ」［268頁］）。だから、自分が相手を好きかどうかということは、また別の問題である。たとえ、気に入らない同士であっても、日々の生活のなかで関わり合わなければならない時には、皆そうした形で対処していく他ないのだ。「おかしな先輩」は、その後もなお、「私は、三歩のこと、まだ好きじゃないかもしれない」（269頁）と言い募る。「他者」から「他者」に向けられた正直な言葉である。

> 真面目に語っている先輩、見たことがないくらいに真面目な先輩、好きじゃない相手に向かって好きじゃないと断言出来るほどおかしな先輩は、やっぱり好きじゃない相手にも全力で向けられる明るい笑顔を作ってくれた。作った、のかは分からない。（269―270頁）

三歩が考えるように、相手の気持ちを隅々まで十全に把握することなどできない。彼女にとって、「おかしな先輩」は得体のしれない「おかしな先輩」のままだし、彼女の表現をそのまま借りるなら、「全部が全部が全部、無理」（270頁）なのだ。

だが、それでもなお――それだからこそ、と言うべきか――二人の関係は悪化しない。むしろ、その逆だ。この対話の後、異質な二人の関係は着実に変わっていく。三歩はもはや、「[……]この先輩に近づかないようにしようとか、喋りたくないとか、思っていなかった」（272頁）。それは、「おかしな先輩」が、三歩を三歩として、誰と比べることなく扱ってくれるからだ。三歩としても気持ちは同じだ。三歩は三歩、そして、「おかしな先輩」は「おかしな先輩」。三歩は最後に、「大きな目標」（272頁）を作る。「三歩だから、好きになったと思ってもらう」（273頁）こと。そして、目標が叶った際には、「おかしな先輩」に、心からドヤ顔で言いたいと思う。「私は、三歩としてあなたに出会えてよかった［……］」（273頁）と。

これからも好きなものの話をしていたい

「内言」に籠り、自分の好きなものだけを追求してきた感のある三歩だが、職場の同僚や交友関係のある知人・友人と関わることで、「内言」は「外言」と交わり、「他者」との実り多き出会い、そして、彼／彼女らとの腹を割った対話を実現させることができた。人との関係が三歩を以前より一歩も二歩も成長させてくれたのだ。だが、三歩が本質的に変わったかというと、実はそうではない。彼女はこれからも、自分の好きなものに拘り続けるだろう。人はどんなに変わっても、自分の好きなものを、そう容易く変えることはできない。それは人毎に異なる、その人の領分のようなものだからだ。そこで三歩は、「嫌いなもののことじゃなく、好きなものの話をしていたい」（289頁）と願う。

とはいえ、人間関係には様々な確執や対立が付き物である。時にはミスをして叱られることもある。現に、彼女は今でもまだ職場で怒られ続けている。だが、今の三歩にはそれが人間社会だということがよく分かっている。それは間違いなく、そこで自分とは違う多くの「他者」たちと出会うことができたからだ。よく叱られている職場でも、好きなこと、楽しいことに出会えるチャンスがあるかもしれない。三歩の考えは結局そこに着地する。

楽しみなことがあると考えれば、出勤もチーズ蒸しパンから続いていくバトンタッチなのかもしれない。好きなものがたくさんあるから、布団だけと添い遂げるなんてもったいないから今日も職場に行くことにする。そう思えば、今日これからがなんだか楽しみになってきた。（287―288頁）

職場にどうしても行きたくなくて欠勤し、嘘までつく羽目になった三歩のことを思い起こすと、今ここにいる三歩は別人のように積極的だ。だが、三歩はやはり三歩だ。三歩は三歩のままでいいのだ。物語を結ぶ一文は、それを優しくユーモラスに伝えている。

その日、以前にとあるミスをしていたことが発覚した三歩は、「過去の私が、折り返し地点が」と言い訳をしてまた怒られた。（289頁）

おわりに

最初は定かでない何かに引きつけられ、そっと後押しされるような感覚から、この本の執筆は開始された。「はじめに」でも述べたように、『君の膵臓をたべたい』が映画としてテレビ放映されたのをたまたま目にし、間を置かず原作の小説を読み始めた時から、言い知れぬ驚き、そしてある種の予感のようなものが私の心をとらえていた。私は自ずと、この第一作に続く残りの作品＝テクスト群もまた、同種の感覚をもたらしてくれるだろうと期待した。そして、その期待はまさに的中した。欧米の文学や思想を主な対象に仕事をしてきた者が、それまではほとんど縁のないと思ってきた一人の若い日本人作家の作品に、自分がずっと思念してきた問題と通い合うものを感じ取ることができたのだ。しかしそれは、私がそこに勝手に読み込んだものに過ぎぬかも知れない。それについては、正直なところ、今もってどう判断することもできない。ただ、確実に言えるのは、二〇一九年の夏（七月始めの頃と記憶している）、初めて住野作品に接した時、是非それらについて論じてみたいという気持ちをどうしても抑えることができなかったということだ。それは私にとって、突然身に降りかかってきた、幸運な出会いのようなものだったのかもしれない。

それから、ちょうど六か月間、毎月一章分を執筆するという目標で、私と六作品＝テクストとの刺激に満ちた交流（格闘？）が繰り広げられることになった。頭を悩ますことも時にはあったが、今振り返ってみても、毎日が「テクストの快楽」に浸れる極めて愉悦的な時間の連続だった。ここではひたすら「読むこと」だけに没頭しよう。たとえ勝手な思い込みであっても、自分が書きたいと思うことを書いてみよう。そう心を決めた。論文調の形式は敢えて採用せず、脚註や学問的な説明も極力付さない方針にした。テクストと私の間の往還ができるだけ生々しい「対話」という形で実現されるよう、最大限心掛けたつもりである。

テクストに登場するのは、小学生、中学生、高校生、大学生、就職したばかりの大卒者といった若い人たちばかりだ。本来なら、私のような年齢の読者が取り扱う対象・分野ではないのかもしれない。だが、そうした人物たちの物語を論じることに、特別な違和感はなかった。むしろ、ある種新鮮な驚きと感銘を覚えながら、それぞれのテクストと接し、密度の高い半年間を過ごすことができた。

すべての作品が深く心に残り続けるのは疑い得ないが、敢えて個人的な想いを述べるなら、私自身が密かに気に入っているのは二作目の『また、同じ夢を見ていた』だ。理由は数多くあるが、何よりも先ず指摘しておくべきは、物語＝小説としての手の込んだ結構（組み立て）だ。率直に言うなら、このテクストの複雑な時間・空間構成は最後まで十全に捉え切ることができなかった。それは無論、登場人物間の複雑で新奇な関係についても言える。そこには、テクストを読む「私」（読者）の立ち位置を絶えず攪乱し、多元的な世界に同時に足を踏み入れさせてくれるような驚くべき物語が展開されていた。

もうひとつ個人的な想いを述べておこう。それは、六冊のジャケットが、みな素晴らしかったことだ。中でも、『また、同じ夢を見ていた』のジャケットを飾るイラストには特に心を奪われた。そう、いつも奈ノ花のお供をし、読者を不思議な物語世界に誘う「ナーナー」と鳴くあの愛らしい雌猫がそこに描かれていたからだ。その姿はまさに、二〇一四年に天国に旅立った私の愛猫ベラ（雌）の姿を髣髴とさせた。このテクストを読む時は、彼女がいつも傍にいるような気がした。許されるなら、本書の第二章は是非、彼女との優しい十五年間の想い出に捧げたいと思う。

ここで論じられたのは、既に刊行されていた六冊の作品だが、本書が世に出る頃にはさらに新たな住野作品が、読者の手に委ねられているかもしれない。それについて書けないのは何とも残念だが、その時にはまた、その作品を手に取り、この場で展開されたような「対話」を繰り広げられたらと考えている。住野作品がその後どのような方向に進んでいくのかも楽しみでならない。

テクストを読み進めて行く上で貴重だったのは、住野作品の複数の読者から様々な意見や感想を聞かせてもらえたことだ。特に若い人からの提言は心強かった。ほぼ同じ時期に六冊のテクストすべてに目を通し、再三、感性豊かな感想を提供してくれた慶應義塾大学大学院の榎本悠希君には、この場を借りてお礼の気持ちを伝えたいと思う。

そして何よりも、私の気儘な好奇心から生まれた、この特異で歪な書物の出版を快諾してくださった小鳥遊書房の高梨治さんに、心から謝意を表したいと思う。

二〇二〇年三月八日　六十四回目の誕生日に

土田知則

【著者】

土田知則
（つちだ　とものり）

1956年、長野県に生まれる。
1987年、東京大学大学院人文科学研究科博士課程単位取得退学。博士（文学）。
現在、千葉大学大学院人文科学研究院教授。
専門はフランス文学・文学理論。

著書に、『現代文学理論――テクスト・読み・世界』（共著、新曜社、1996年）、
『ポール・ド・マン――言語の不可能性、倫理の可能性』（岩波書店、2012年）、
『現代思想のなかのプルースト』（法政大学出版局、2017年）、
『ポール・ド・マンの戦争』（彩流社、2018年）ほか、
訳書に、ショシャナ・フェルマン『狂気と文学的事象』（水声社、1993年）、
『読むことのアレゴリー――ルソー、ニーチェ、リルケ、プルーストにおける比喩的言語』
（岩波書店、2012年）、
バーバラ・ジョンソン『批評的差異――読むことの現代的修辞に関する試論集』
（法政大学出版局、2016年）ほかがある。

他者の在処（たしゃのありか）

住野よるの小説世界（すみのよるのしょうせつせかい）

2020年7月29日　第1刷発行

【著者】
土田知則

発行者：高梨 治

発行所：株式会社小鳥遊書房（たかなし）
〒102-0071　東京都千代田区富士見1-7-6-5F
電話 03-6265-4910（代表）／ FAX 03-6265-4902
http://www.tkns-shobou.co.jp

装幀　仁川範子
印刷　モリモト印刷株式会社
製本　株式会社村上製本所
ISBN978-4-909812-39-1　C0095